Shirin Vorsmann • Die Farbe des Himmels

DIE FARBE DES HIMMELS
Sieben Episoden neuzeitlicher Vergänglichkeit

Der Geldmangel zwingt die hübsche **Annick** dazu, ihr Studium aufzugeben, und sie beginnt als Pflegerin in einer psychiatrischen Klinik zu arbeiten. Sie weigert sich, erwachsen zu werden, trauert ihren Kindheitserinnerungen nach und versucht die Tristesse ihres Alltags und ihre Einsamkeit im Alkohol zu ertränken …

Syd ist irgendwo in den psychedelischen Sechzigern stehen geblieben und fristet ein ruheloses Weltenbummler-Dasein zwischen Realität und Acid-Trips. Der verschlossene junge Mann pflegt wenig intensive Kontakte zu anderen Menschen, abgesehen von seiner (durch massiven Drogenkonsum vollkommen wahnsinnig gewordenen) Kommunengenossin Conny und seinem autistischen Jugendfreund **Daniel** …

Ilijas soll in die Fußstapfen seines Vaters treten, und sein Amtsantritt als Priester in einer kleinen Dorfkirche in Brighton steht kurz bevor. Er leidet sehr unter seinem dominanten Vater und muss sich schließlich mit der nahezu vollständigen Auflösung seiner eigenen Identität konfrontieren …

Die bulimiekranke **Samantha** arbeitet als Redakteurin bei einem Radiosender und tummelt sich in der High Society Londons. Sie ist jung, schön, erfolgreich und beliebt. Doch hinter dieser perfekten Fassade versteckt sich eine zutiefst verunsicherte Frau, welche ihren immensen Hunger nach Anerkennung und Liebe durch Essanfälle zu kompensieren versucht und sich daraufhin bis zur völligen Erschöpfung erbricht …

Joel ist überzeugter Satanist und lebt sein anarchistisches Weltbild als Oberhaupt einer renommierten Sekte in wilden Sexorgien, schwarzmagischen Opferritualen und schwarzen Messen aus. Als Frau an seiner Seite findet sich die naive **Seraphine**, ein verkapptes Aushängeschild der Gothic-Kultur – irgendwo zwischen blinder Rebellion und Hilflosigkeit …

Sieben Menschen, sieben Lebensgeschichten, sieben Schicksale – gefangen in einer Welt, die sie nicht versteht.

Shirin Vorsmann

Die Farbe des Himmels

Sieben Episoden neuzeitlicher Vergänglichkeit

Bibliografische Information der Deutschen Nationalbibliothek
Die Deutsche Nationalbibliothek verzeichnet diese Publikation in der Deutschen
Nationalbibliografie; detaillierte bibliografische Daten sind im Internet über http://dnb.
dnb.de abrufbar.

ISBN 978-3-7322-0254-6
Shirin Vorsmann
Die Farbe des Himmels
Roman

Erstveröffentlichung im Dezember 2006,
2. Auflage im September 2013,
Copyright © Alle Rechte beim Verfasser

Einbandgestaltung: Shirin Vorsmann

Printed in Germany 2013

Satz, Herstellung und Verlag: BoD – Books on Demand

Inhalt

Jemand, der um sein Leben kämpft,
kann nicht aufhören, um sein Leben zu kämpfen.

Vorwort

Es war im Januar 2004, als ich zum ersten Mal dieses Buch in Händen hielt und zu lesen begann. Während der folgenden Tage las ich immer wieder einige Kapitel, denn dieses Werk gehört nicht zu denjenigen, die im ungebremsten Lesefluss ihre volle Tiefe preisgeben. Das Ausmaß der Gedanken hinter dem Spiegel unseres Seins lässt erahnen, dass sich jenseits der aufpolierten, glänzenden Fassade unserer Zivilisation ein Abyssal auftut, das von Ereignissen zu berichten weiß, die den meisten Menschen nie zu Gesicht kamen. Und dann scheint sich der trübe, zerbrechliche Schleier von den müden Blicken zu lösen, um mit einem lauten Krachen auf dem Boden der Wirklichkeit zu zerspringen.

Zurück bleibt der Gedanke an das Trugbild, das von diesem Moment an nie wieder dasselbe sein wird.

Wenn die stille Frage im Kopf immer stärker wird, was denn im Schatten unserer Zeit verborgen liegt, dann kennt dieses Buch eine Antwort darauf. Auch wenn es zugegebenermaßen viele Möglichkeiten gibt, hinter die Dinge zu sehen, so sind doch die wenigsten so schonungslos und ehrlich wie dieser Roman, denn die vorliegende Lektüre hat das Potenzial, die Tür zu dieser Erkenntnis zu öffnen.

Shirin Vorsmann begann bereits im Alter von 14 Jahren, sich über die Ebenen unserer Welt ihre Gedanken zu machen. Und – mehr als das: Sie blickte in die dunkelsten Abgründe selbst hinein und erzählt dem Leser von den komplexen, grenzgängigen Sachverhalten unseres Daseins. Das erreicht sie auf ihre ganz individuelle, multimediale Weise; denn das zu diesem Buch erschienene Hörbuch ist weniger dessen Ton gewordene Variante, sondern eher eine akustische Komplettierung des Schriftstücks, die sich als klangliche Collage mit der Fotokunst in diesem Skriptum verzahnt. Die daraus entstehende Intensität aller Facetten ringt dabei nicht um vordergründiges Verständnis; sie definiert vielmehr eine neue Ausdrücklichkeit. Das Unbekannte bekommt ein Gesicht, während neue Farben die Sichtweise konturiert zu vervollständigen scheinen. Und wenn man sich darauf einlässt, dann wirkt es, als würden sich auf der Bühne der vermeintlichen Wahrhaftigkeit die Kulissen auftun, während man durch bloße Wahrnehmung des ungeschminkten Kerns der Dinge eine Antwort erhält. Dieses Buch ist wie ein direkter Blick auf das Zentrum der bis zur Unkenntlichkeit verzerrten, „sauberen" Scheinwelt, den die Architektur unserer Zeit so oft und so gern verschweigen will.

Harald Blättermann,
Mai 2013

Prolog

Dies ist kein Roman; dies ist die Projektion eigener Erinnerungen, Erlebnisse und Bilder in eine fiktive Welt.

Dies ist keine potenzielle, umfassende Gesellschaftskritik oder Analyse; es sind lediglich sieben Episoden aus ihr.

Die Inhalte der folgenden Seiten sind nicht autobiografisch; und doch entsprechen sie in gewissem Sinne der Wahrheit.

Dieses Buch beschreibt nicht meine eigene Welt; es manifestiert verschiedene Aspekte meiner Gedanken, Gefühle und meiner Vergangenheit in seinen Protagonisten.

Ich möchte nicht wachrütteln – ich möchte nur angehört werden.

Ich möchte nicht verstanden werden – ich möchte nur etwas zeigen dürfen …

Etwas, das uns alle angeht – auch wenn viele es nicht sehen und vielleicht nie erkennen oder erfahren werden.

Wir alle bergen es in uns, atmen es ein, atmen es aus und tragen es hinaus in den grauen Straßenstaub einer Zivilisation, welche sich selbst nicht kennt. Jeden Tag aufs Neue vergiftet es unseren Verstand.

Dies ist keine Antwort; dies sind nur Worte … Worte, die nicht mehr – aber auch nicht weniger – auszudrücken vermögen als ein großes Fragezeichen.

Der Fluss der menschlichen Entwicklung fließt aus dem Keller der Zeit über Steine hinab ins große Tal des Nichts.

Die Antworten befinden sich auf dem Weg dorthin. Jedoch bleiben viele Wörter unter den Steinen verborgen und einige werden wir nie verstehen.

1. Am liebsten möchte ich unschuldig sein

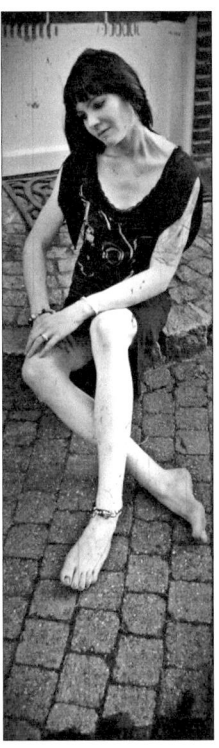

Die Luft war stickig und legte sich wie ein dunstiger Film über die grauen Straßen Londons. Daniels Augen starrten zum Fenster hinaus und betrachteten einen großen Vogel, welcher die vorübersausenden Autos von einem kahlen Baumstamm aus zu studieren schien. Es musste sich dabei wohl um eine junge Krähe handeln, zumindest ließ ihr pechschwarzes Federkleid das vermuten. Sie schaute sich von Zeit zu Zeit immer wieder ängstlich um; ihre Augen waren klein und stechend. Aber sie waren so klar und rein, wie nur Tieraugen sein können. Kein unterschwelliger Schimmer von Neid oder Egoismus glänzt in solchen Blicken. Sie schimmern selbstsicher, aber ehrlich. Präzise, aber begrenzt. Voller Gegensätze.

Daniel beugte sich leicht nach vorn und biss sich auf die Lippen. Er liebte diese Tieraugen. Schon oft hatte er Stunde um Stunde dagesessen und sie angesehen, war in jenem dunkelbraunen Nektar ihrer Iris versunken.

Tiere folgten nur ihrem Instinkt, unabhängig von sinnlosen Regeln der Gesellschaft. Wahrscheinlich schauten ihre Augen gerade aus diesem Grund so unschuldig drein. Sie waren eben „nur" Tiere. – Wer dumm ist, ist ehrlich.

Der hölzerne Bürostuhl knarrte ein wenig, während Daniel langsam aufstand. Dann wischte er mit der Hand das Fenster sauber. Erst vor Kurzem hatte er Feuerholz in seinen Ofen geschoben. Das Fenster war beschlagen. Tausend kleine Dunsttropfen webten einen Teppich aus matt glänzenden Perlen, welche sich an das kleine Kellerfenster zu klammern schienen. Sie zerfielen unter Daniels warmer Hand, schmolzen und rannen in kleinen Bächen zwischen seinen Fingern hindurch. Daniel lächelte und richtete seine rot unterlaufenen Augen wieder zum Fenster hinaus. Nun konnte er die Krähe besser sehen. Sogar ihre einzelnen Federpartien waren erkennbar. Daniel wippte ein wenig mit seinem Fuß; und während er seinen Lieblingsvogel so ansah, übermannte ihn eine unergründliche Welle der Gleichgültigkeit. Er fühlte sich leer und hohl, wie eine zerrissene Plastiktüte im Wind, die von einer mehr oder weniger liebevollen Umarmung hin und her geschubst wurde. Doch dieses Gefühl suchte ihn immer heim, wenn er viel geweint hatte. Eine Art von widerlicher Erleichterung, irgendwo zwischen mildem Lächeln und bleierner Bitterkeit.

Der Vogel pickte mit seinem schwarzbraunen Schnabel in die morsche Rinde des kahlen Baumes an der Hauptstraße. Mit punktueller Präzision fuhr der Schnabel auf und nieder. Auf und nieder. Und Daniel fragte sich, was dieses arme Geschöpf wohl an dem Baum zu schaffen hatte. Für eine Sekunde unterbrach die Krähe ihre Tätigkeit, um sich ihr Gefieder zu putzen.

Daniel holte ein paar Körner und Haferflocken aus der Küchenschublade. Er hatte immer ein wenig Vogelfutter im Haus, vor allem für seinen Lieblingsvogel.

Als er sich schwer atmend aus dem Fenster lehnte und seine Hand ausstreckte, erinnerte Daniel sich für eine Sekunde an diese merkwürdige alte Frau aus „Kevin allein zu Haus", und ihm fiel auf, dass er den Film noch in und auswendig zu kennen schien, obwohl er ihn vor ungefähr zehn Jahren zum letzten Mal gesehen hatte. Die Krähe blicke Daniel nun an, schien, von ihrem Hunger getrieben, gegen ihre Scheu anzukämpfen. Und schließlich reckte sie ihren Schnabel Daniels zierlicher Hand entgegen und begann, die Körner aufzupicken. Daniel kicherte ein bisschen. Er mochte es, wenn Vögel ihm aus der Hand pickten. Es kitzelte, aber es war angenehm.

Die Sonne schickte ihr fahles Licht nun für kurze Zeit durch die metallene Wolkenwand am Himmel.

Schon war der Vogel wieder verschwunden. Eine Weile stand Daniel noch unbewegt am offenen Fenster und hörte dem Wind zu, der ziellos durch die wippenden Äste streifte. Inzwischen war die Krähe irgendwo am Horizont ins Unsichtbare hinabgeglitten. Einfach fortgeflogen. Daniel wandte sich seiner Musikanlage zu. Drehte sie auf, so laut es möglich war, und ließ sich auf sein Sofa fallen.

»*However much I turn it 'round – it's never enough. However much I'm falling down – it's never enough …*" Robert Smiths Nörgeln erfüllte den Raum, ließ die Wände erzittern und Daniel sang mit. Laut und dann wieder leiser, als er sich einen Joint anzündete.

»*It's never enough … never enough.*«

Und er fühlte sich unbesiegbar.

2. Atmen – jemand muss atmen

Irgendwann in den frühen Abendstunden erwachte Daniel. Ein brennen-des Gefühl der Übelkeit überkam ihn. Als er aufstand, um Syd anzurufen, blinzelte er ein wenig scheu zum Fenster hinaus, um zu sehen, ob sein Lieblingsvogel wieder zurückgekehrt war. Doch der kahle Ast, der steif und tot wie ein drohender Zeigefinger vor dem Fenster Wache hielt, blieb leer.

Stumm beschlich die Dämmerung das Land, deckte es mit ihren lehmfarbenen Dunstschwaden zu. Kalt und feucht legte sie sich über die Straßen, fing Schreie, Jubel und Motorengeräusche ein und trug sie mit sich fort.

Als Daniel sein bleiches Gesicht abtastete, ohne überhaupt so recht zu wissen warum, da klingelte das Telefon.

Er stand auf. Seine Schritte waren abgehackt und unbehände. Wie ein Aufziehmännchen stakste er durch das kleine, aber durchaus wohlgeordnete Zimmerchen, um schließlich mit einiger Mühe den Telefonhörer abzuheben. »Syd?«

»Sischerr.« Syd sprach mit Akzent. Polnisch oder französisch vielleicht. Das tat er ab und an, wenn er betonen wollte, welch gute Laune er hatte. Daniel hatte Syd in diesem Punkt nie verstanden. Manchmal, wenn er abends im Bett lag und seine kalten Füße rieb, dann dachte er darüber nach, warum Syd einfach aus Spaß irgendwelche Akzente nachahmte. Lächerlich, sich über den Sinn und Unsinn solcher Nichtigkeiten Gedanken zu machen, aber Daniel konnte nicht anders. Manchmal überkam es ihn einfach, und er dachte über vollkommen nebensächliche und unbedeutende Dinge nach. *»Manche popeln sich in der Nase, andere fahren Einrad und wieder andere sprechen ihre Landessprache eben gern mit ausländischen Akzenten. Wo ist das Problem?«* Wie oft hatte Daniel schon versucht, sich diese Sätze einzuhämmern und jenes unkontrollierbare, immerfort rotierende Gedankenmonstrum in seinem Kopf zum Schweigen zu bringen? Es half nichts. Er musste trotzdem denken. Manchmal wünschte er sich, seine Gedanken einfach steuern oder gar abstellen zu können. Das wäre das Beste. Aber es ging nicht. Sobald man versuchte, nicht mehr zu denken, dachte man, dass man nicht mehr denken sollte. Man dachte also noch immer irgendetwas. Das deprimierte, vor allem wenn man seine eigenen Gedanken nicht verstand: *»Warum fahren Menschen Einrad, warum sprechen sie absichtlich mit Akzent …, warum …, warum …, warum?«*

Daniel hatte des Öfteren das Gefühl, niemanden zu verstehen, nicht einmal sich selbst.

»Ich wollte dich anrufen.«

»So? Isch bin dir also züforgekommen, chéri?«

Französisch war es also.

»Oui.« Daniels Stimme klang mechanisch, dumpf und schon fast tonlos. Am anderen Ende der Leitung herrschte ein kurzes Schweigen.

»Bist du O. K., Danny?« – Es ging also auch ohne Dialekt. Syd atmete schwer und langsam in den Hörer hinein. Es hörte sich schrecklich an. Wie ein alter knorriger Mann, der die kühle Abendluft in seine schwammige, verschrumpelte Lunge sog. Aber Daniel wollte nichts sagen, denn Syd hatte schon immer Probleme mit seiner Lunge gehabt. Er reagierte äußerst empfindlich auf dieses Thema. Mehr sogar: Meistens wollte er nicht darauf angesprochen werden.

»Mir geht's gut, danke«, antwortete Daniel. Wieder schwieg Syd eine Weile. Alles, was zu hören war, war sein rasselnder Atem. Daniel schloss die Augen. Es war fürchterlich. Er wusste gar nicht wieso. Aber es fiel ihm wahnsinnig schwer, dazusitzen und zuzuhören, wie Syd atmete.

»Wann kommst du wieder?«, fragte Daniel und kaute auf seiner Innenbacke herum. Er wollte, dass Syd wieder etwas sagte, denn dessen Schweigen fiel wie ein Stein in den plätschernden See seiner Resignation. Er hasste es.

»In zwei Wochen.«

Daniel war aufgesprungen. Mit einem Male schien sein Gesicht wenigstens ein bisschen Farbe zu gewinnen; und seine Augen leuchteten wie die eines Kleinkindes, welches unter dem Tannenbaum mit seinen Matchboxautos spielt.

»In zwei Wochen schon? Soll ich dich abholen?« Daniel mühte sich vergebens, seine Stimme unter Kontrolle zu halten. Sie überschlug sich regelrecht.

»Wär' nett.« Syd blieb sachlich – wie immer. Daniel konnte ihn vor sich sehen: Sydney Churchill mit seinen schwarzen Strubbelhaaren, die denen eines Pudels nicht unähnlich waren, seinen bunten Hosen mit orientalischem Aufdruck. Und vor allem dieses unvergleichliche »Syd-Grinsen«.

»Ich bräuchte den Tag, die Uhrzeit und den Flughafen …«, zählte

Daniel auf und hüpfte nun von einem Fuß auf den anderen. Er fühlte sich plötzlich so leicht und schwebend. Seine rechte Hand umwickelte die antike Schreibtischlampe seiner Oma mit dem Telefonkabel. »Uno momento …« – Jetzt sollte es wohl spanisch sein. Daniel kannte sich mit Fremdsprachen nicht sehr gut aus. Andere Kulturen waren nie seine Stärke gewesen, auch wenn er gern einmal verreisen würde – hinaus aus seiner kleinen Wohnung und fort von dem matten Straßenstaub, welcher sich tänzelnd durch die Frühjahrsluft bewegte. Am liebsten wäre er einmal »in die Sonne« geflogen. Nach Florida oder auf die Seychellen mit einem kleinen, aber feinen Last-Minute-Ticket.

Am anderen Ende der Leitung mischte sich das Rascheln von einigen Papierzetteln mit Syds unregelmäßigem Atem.

»Am 14. um 15.20 Uhr in Heathrow.«

Daniel befreite die mit ihrem süßlichen Licht sanft schimmernde Lampe nun von der gnadenlosen Umklammerung des Kabels und nahm den Hörer in die andere Hand.

»Ich werde da sein«, sagte er, setzte sich und musterte die goldgelbe Glühbirne der Lampe. Schließlich schloss er die Augen.

»Danny?« Syds Stimme riss ihn aus seiner kurzen Geistesabwesenheit.

»Ja?«

»Danke.« Das war alles, was er sagte. Sein Atem verstummte abrupt und es war nur noch ein leises Rauschen zu vernehmen. Daniel brauchte eine Weile, um zu realisieren, dass Syd aufgelegt hatte. Erst das monotone Besetztzeichen ließ ihn den Hörer wieder an seinen Platz zurücklegen.

Am Himmel sah Daniel ein paar Sterne blinken. Er hatte den Vergleich von Sternen und Diamanten immer für eine vollkommen überflüssige Metapher gehalten – ein grauenvolles Liebesfilm-Klischee. Aber die Schönheit des funkelnden Nachthimmels ließ ihn für einen Moment lang sentimental werden, und er versank für einige Minuten vollends in dem Panorama, das sich ihm bot: Viele kleine Diamanten, welche auf einem grenzenlosen Stück Seide angebracht zu sein schienen, um Eindruck zu machen. Sie bildeten auf eine wunderbare Weise einen spielerischen Kontrast zu dem zerbrechlich anmutenden, seidenen Himmelszelt, das sie umwob. Die Wolken waren verschwunden und der Himmel war klar und rein. Wie die Augen von Daniels Lieblingsvogel.

Als er halb modriges Feuerholz in den Ofen schob, spürte Daniel seinen Magensaft schwer und bitter auf der Zunge. Es war wieder kalt geworden im Zimmer und die Atemluft bildete kleine Wölkchen. Das Holz brauchte eine Weile, bis es sich den Flammen fügte. Lächelnd öffnete Daniel eine Flasche Chablis, bevor er nach der Nummer des Pizzadienstes zu suchen begann.

3. Wenn die Stille zu schreien beginnt

Vorbeifliegende Autolichter flackerten in Annicks Augen. Der Gehweg war leer und sie lief schnell, weil sie erbärmlich fror. Starr blickte sie auf ihre Füße hinab, zählte die Schritte und atmete flach. Ihre fuchsbraune Wildlederhose wickelte sich bei jedem Schritt erneut um ihre zierlichen Füße. Sie war durchnässt, und der Regen nieselte weiter vom Himmel hinab. Einige Male öffnete Annick den Mund und versuchte, ein paar Tropfen einzufangen. Im klinischen Neonlicht der Straßenlaterne schien der Regen ein dünnes Netz aus nassem Dreck zu spinnen, und Annicks Augen wandten sich ein paar Kindern zu, die um einen geschlossenen Lebensmittelladen herumstanden. Sie drückten sich ihre Näschen am Süßigkeiten-Schaufenster platt und versuchten, scheinbar angestrengt, einen möglichen Zugang zu dem Laden zu finden. Annick lächelte und wischte sich mit einer eleganten Handbewegung eine blonde Haarsträhne aus dem Gesicht. Ein letztes Mal hatte sie heute die Universität an diesem wunderschönen blauen See um die Ecke besucht. Ein letztes Mal hatte sie Dr. Coelinski seine persönliche Interpretation von Kafkas Tagebüchern vortragen hören. Annick wusste nicht genau, ob es sie wehmütig oder froh machte. Vor ihr lag nun ein neuer Lebensabschnitt, und sie wusste, dass es die richtige Entscheidung gewesen war aufzuhören.

An der Bushaltestelle unmittelbar vor ihrer Haustür saß eine junge Dame. Offenbar war sie frisch eingekleidet in Gucci und Prada. Ihre schwarzen Stifeletten spielten mit einem kleinen Stein, und sie umklammerte ihre Einkaufstüten, als ob sie sie auf irgendeine Weise vor der Kälte schützen würden. Annick wunderte sich ein wenig, dass solch eine Dame um diese Zeit alleine, sprich ohne entsprechende Begleitung, an einer Bushaltestelle zwischen Werbeplakaten und Ikea-Angeboten saß. Und mit einem Male war sie fürchterlich deprimiert. Annicks Schritte wurden langsamer, und als sie ihre Wohnungstür aufschloss, um sich an dem häuslichen Duft ihres Apartments zu erfreuen, riss sie sich urplötzlich ihre Kleider vom Leib, zündete sich nervös eine Zigarette an, fiel keuchend in ihr kratziges Plüschsofa und schaltete ihren Plattenspieler ein. Als sie den Titel des Liedes von Deep Purple schließlich erkannte, presste sie ihre Lippen aufeinander, als schlummere ein grausames Geheimnis hinter ihnen. Tränen liefen über ihre Wangen, während sich die Gitarren langsam steigerten und Ian Gillian immer wieder »*Sometimes I feel like screaming*« sang. Und als stummer Kontrast zu dem aufgewühlten Sound des Liedes sank Annick in sich zusammen, schloss ihre Augen und streckte die Hände aus. Unbeweglich lag sie dort und wartete auf jemanden, der sie festhalten würde.

Als sie eine halbe Stunde später aufstand und in die Nacht hinausstarrte, suchte sie vergeblich nach Sternen am Himmel. Alles war nur schwarz – schwarz und leer. Annick wandte sich angewidert vom Fenster ab und ging zum Kühlschrank. Es waren noch zwei Dosen Whiskey-Cola übrig und Annick war froh darüber. Als sie einen großen Schluck genommen hatte und spürte, wie ihr langsam wärmer wurde, da fiel ihr auf, wie auswendig sie jeden Winkel ihrer Wohnung kannte. Es war ein komisches Gefühl, sich so zu Hause zu fühlen, wenn man wusste, alles würde anders werden. Annick fragte sich oft, ob ihre Freunde das kleine Apartment mit anderen Augen sahen als sie. Ob sie es hässlich oder schön fanden. Manchmal stand Annick lange Zeit einfach nur da und musterte die silberne Türklinke. Sie versuchte, diese Türklinke mit ganz objektivem Blick zu betrachten. Mit dem Blick eines Fremden, welcher diese Wohnung zum allerersten Mal betrat. Ab und zu gelang es ihr sogar für ein paar Sekunden. Aber schon bald sah sie sowohl die Türklinke wie auch alles andere wieder mit der nicht urteilsfähigen Selbstverständlichkeit einer sich zu Hause Fühlenden.

Sie sank erneut auf das graue Sofa nieder und nahm einen weiteren Schluck aus der Dose. Als sie das tiefbraune Gebräu auf den Glastisch vor sich hinstellte, erfüllte ein fürchterliches Knirschen den Raum. Es war ganz leise, aber schrecklich war es trotzdem.

Gelangweilt ergriff sie die Fernbedienung und schaltete einen Musiksender ein. Es war irgendwie wichtig für Annick, immer irgendwelche Stimmen zu hören, wenn sie allein war. Und der Fernseher war so etwas wie ein Lagerfeuer in ihrem ihr ach so bekannten Zimmer. Sie stellte den Ton lauter. The 69 Eyes sangen »Velvet Touch«. – Annick mochte das Lied. Sie fand es nicht nur wunderschön schwer und melodisch, sondern, oder besser gesagt vor allem, erotisch. Unwillkürlich schloss sie die Augen und ihre Hände glitten über ihren Oberkörper, lösten ihren schwarzen Spitzen-BH und begannen zitternd ihre Brüste zu streicheln. Wenn Annick sich selbst befriedigte, fühlte sie eine unglaubliche Magie um sich herum. Eine Symbiose aus Geist und Körper, verschmolzen zu einem. Es war etwas vollkommen anderes als Sex mit dem anderen Geschlecht. Da war nur der Mensch, welcher ihr am nächsten stand, und das war sie selbst. Annick hörte eine tiefe Männerstimme singen: *»I'm looking at you – I'm looking for love.«*

Ihr Atem raste, die Augenlider begannen zu zittern und Annick konnte wieder ein wenig lächeln …

*

Als Syd spätabends an der Tür klingelte, öffnete niemand. Das Zimmer war dunkel. Syd verweilte ein wenig vor der Tür, scharrte mit seinen Schuhen in dem Schlamm zu seinen Füßen und klingelte immer wieder. Doch alles, was er von oben hören konnte, war diese dunkle Männerstimme, die sang: »*I'm looking at you – I'm looking for love.*« Ein wenig enttäuscht und ohne die Gewissheit, diese Nacht ein Dach über dem Kopf zu haben, machte Syd kehrt und hielt sich schützend die Hände über den Kopf, als er sich auf den Weg zu seinem Freund machte. Es hatte zu regnen begonnen …

*

Das monotone Läuten ihres Mickymaus-Weckers riss Annick jäh aus ihrem Tiefschlaf. Mühsam fanden ihre Finger mit den lackierten Nägeln den Weg zum Tisch zu ihrer Linken. Der Wecker verstummte. Eine Weile lag sie einfach so da und starrte an die Decke. Es war 6.30 Uhr. Um acht Uhr war ihr erstes Bewerbungsgespräch. Seufzend rieb sich Annick ihre verklebten Augen, während sie verzweifelt versuchte, den Fernseher abzuschalten. Es war seit Jahren so, dass Annick morgens halb blind erwachte. Eine Art Milbenallergie. Sie war damit nie beim Arzt gewesen. Ein rasender Schmerz durchzuckte ihre rechte Schädelhälfte, als sie unter lautem Fluchen schließlich den Fernseher abschaltete. Der Musiksender spielte »Into My Arms« von Nick Cave. Dann war Stille. Annicks Augen wanderten hinab über ihren Körper. Sie war nackt. Verwirrt streifte sie sich ihren Slip über und griff nach ihrem BH, der neben dem Sofa auf dem Teppichboden lag. Dann stand sie auf, um sich ein Müsli zu machen und duschen zu gehen wie jeden Morgen, bevor sie zur Uni ging. Die Luft war heiß und matt; und sie legte sich wie bitterer Speichel in Annicks Mund. Sie schluckte Morgenschleim und ihr wurde übel.

Auf dem Weg zur Küche faltete Annick ihre Wildlederhose und die Felljacke zusammen. Die Sachen lagen überall im Flur verstreut und starrten vor Dreck. Als sie durch die halb offene Küchentür lugte, sah sie ihren weißen kleinen Kühlschrank und die leeren Whiskey-Cola-Dosen davor auf dem Boden. Sie hatte getrunken.

Als Annick auffiel, dass sie wieder einmal mit sich selbst sprach, da begann sie zu lächeln und war ein wenig froh, gleich zu diesem Gespräch mit dem Leiter der Klinik gehen zu können. Lustlos stocherte sie in ihrem Müsli herum, zerdrückte unter mühsamer Feinarbeit Körnchen für Körnchen. Und als ihr Blick auf das kleine Foto von Emily und Brandon fiel, schüttete sie ihr Müsli unangerührt in den Müll und ging duschen. Manchmal wäre sie gern mit nach Missoula gezogen – damals. Sie hatte in Brandon und Emily immer so etwas wie Geschwister gesehen. Sie waren eine tolle WG gewesen. Aber damals hatte sich Annick anders entschieden, und jetzt war es zu spät. Ohne Frage. Das kalte Wasser tat gut und Annicks Kopfschmerz wurde etwas besser. Während sie sich summend ihre Beine rasierte, dachte sie darüber nach, was sie am besten tragen könnte, um bei dem bevorstehenden Bewerbungsgespräch zumindest optisch positiv aufzufallen. Der erste Eindruck war ja bekanntlich der wichtigste, und so entschied sie sich für ihr neues langes Kleid und den Blazer als klassische Symbiose aus Seriosität und Weiblichkeit. Vielleicht war dieses Outfit nicht unbedingt angebracht bei einem Vorstellungsgespräch in einer psychiatrischen Klinik, aber was konnte man zu einem solchen Anlass überhaupt als angebracht bezeichnen?

Als sie zu frieren begann, schaltete sie abrupt das Wasser aus und zog sich an. Syds Nachricht auf dem Anrufbeantworter hörte sie nicht ab, und ihr Blick fiel verstohlen auf Brandons Foto, ehe sie die Tür hinter sich schloss und in den kalten Nebel hinauslief, welcher stumm über den fernen Bäumen und Feldern lag.

4. lebeN im nebeL

Es war Sonntag. Und Syd hasste Sonntage. Vor allem jene, an denen man schon in der Frühe von schallendem Kirchengeläut geweckt wurde.

Syd hatte in einer Art Kommune Unterschlupf gefunden und verstand sich so weit blendend mit seinen Mitbewohnern. Drei junge Männer und zwei äußerst attraktive Damen teilten sich eine Zweizimmerwohnung mit Küche und Bad. Alle fünf waren gefallene Künstler und Poeten, die sich ihre Inspiration auf LSD-Trips zu verschaffen suchten, was bisweilen auch ungeahnt gut gelang. Syd liebte es, auf jenem alten, zerrissenen Sofa zu sitzen und Conny beim Ausflippen zuzusehen. Sie war immer besonders hübsch, wenn sie high war. Ihre braunen Augen starrten tellergroß und wild ins Leere. Es war der Blick einer Wahnsinnigen, irgendwo zwischen Genie und Abgrund. Sie redete ununterbrochen, lallte, geiferte und lachte, versuchte all die Dinge, welche sie durch die Droge wahrnahm, auf ihre große Stoffleinwand zu projizieren. Und ihre Bilder wurden gut. Sie stellten des Öfteren abstrakte Seelenszenarien oder fiktive Figuren aus anderen Galaxien dar. Syd faszinierte es, wie Conny jene ungewollt-gewollte Planlosigkeit der psychedelischen Musik auf ihre Bilder zu übertragen verstand. Ihre Existenz wurde bestimmt von einem einzigen Drogentrip. Sie lebte in anderen Welten, irgendwo zwischen Himmel und Hölle. Sie nahm Dinge anders wahr. Und sie sprach anders, gelassener, ruhiger, verrückter. War sie nun ein Opfer ihrer Sucht? Oder hatten die zahlreichen LSD-Trips ihr Bewusstsein wirklich erweitert? Hatten sie all die Horrortrips und Halluzinationen verrückt gemacht, oder konnten die anderen ihr im nüchternen Zustand lediglich nicht mehr folgen, während sie auf der Reise durch ihr Unterbewusstsein war?

Syd atmete schwer. Es tat weh. Für eine Weile lag er ausgestreckt auf dem Teppichboden und ließ das Leben vorüberziehen. Er lebte ohne Plan, ohne Absicherung und ohne Ziel. Das heißt … doch … er hatte ein Ziel. Sein Ziel war es zu *leben*. Er wollte *leben*! Manch einer konnte nicht verstehen, wie schwer dieses Ziel zu erreichen war. »Leben«, das war ein relativer Begriff. Ein Ausdruck, der für jedes Individuum eine komplett neue Gestalt annahm. Für Syd hieß das: bis dato existieren. Die Existenz bedeutete Suche – die Suche nach dem wirklichen, perfekten, bewussten Leben. Wie war es? Woran erkannte man es? Es gab tausend verschiedene Arten zu Leben auf dieser Welt. Welche war richtig? Welche falsch? Gab es überhaupt eine Trennlinie? Vielleicht starben Menschen, ohne je gelebt zu haben …

Conny schlief auf dem Boden. Ihr Schnarchen war leise und unregelmäßig. Aber es beruhigte Syd zuzusehen, wie sie schnarchte.

Die Glut der Dämmerung schwappte in die kleine Wohnung. Ihr verträumtes Rot machte einsam. Syd kannte dieses Gefühl aus seinen frühesten Kindertagen. Ein undefinierbarer, dumpfer Schmerz, welcher sich langsam und lähmend durch das Dickicht seines Herzens fraß. Von irgendwoher glaubte er ein Klopfen zu vernehmen. Doch er war zu müde, um ihm besondere Beachtung zu schenken. Langsam verhallte das Klopfen, wurde ferner, bis es schließlich vollkommen verschwand. Syds Gedanken bewegten sich in zyklischen Kreisen, wirr und ausgebrannt. Er sah sich über abgebrannte Hügel tanzen, als kleiner, nichtiger Teil einer Welt, in der die Philosophen und Theologen verzweifelt versuchten, etwas aufrechtzuerhalten, was schon lange nicht mehr existierte. Etwas, das zwischen Egoismus, Möchtegern-Moral und Profitgier untergegangen war, lange schon, ehe er geboren worden war. Kurz bevor er einschlief, dachte er an den Song, welchen er aus Annicks dunklem Zimmer vernommen hatte, und ohne zu wissen warum, flüsterte er ein paar Zeilen, die seinem Lieblingsfilm entstammten: »*Wenn uns die Menschen, die wir lieben, verlassen, dann können wir sie trotzdem behalten – indem wir nie aufhören, sie zu lieben. Gebäude brennen und Menschen sterben, aber wahre Liebe hält ewig.*«

»Schöne Illusion.« – Das war das Letzte was er sagte.

Conny blinzelte stark benebelt, und als sie irgendwo zwischen tanzenden Farben und singenden Stimmen Syds bleiches Gesicht erkannte, begann sie mit zitternden Fingern und ihrer roten Aquarellfarbe den verschlissenen Holzfußboden zu beschriften: »*Die Bedeutung des Lebens kann nur in Widerstand und Revolte bestehen – ausgedrückt mit der ganzen Kraft der Verzweiflung.*«

Sie grinste verloren und begeistert über ihr poetisches Talent. Dann sackte sie wieder in sich zusammen, um sich ihrem Wahn hinzugeben.

5. Rotes Eis

Es war spät, als Ilijas aus seiner Lethargie zurück ins Leben fand. Mühsam richtete er seinen Körper im Bett auf. Sein Blick fiel auf die geöffnete Bibel zu seiner Linken und dann auf das Messer, welches in seinem Schoß lag. Es war blutbeschmiert. Leise stöhnte Ilijas auf und erhob sich. Sein schlanker, zierlicher Körper stellte sich vor dem großen silbernen Glasspiegel auf, und er wusch sich seine Hände rein. Als das Wasser, durchsetzt von roten Rinnsalen seines Blutes, gleichgültig den Abfluss hinuntergluckerte, da fühlte er sich plötzlich leicht und frei.

Er war die Zukunft der Kirche in Brighton. Er war der einzige werdende Priester der Kleinstadt. Sein Vater liebte ihn dafür, dass er sein Nachfolger werden würde, liebte ihn für seine ethische und biblische Weltsicht, für seine Religion. Er liebte ihn nicht etwa, weil er sein Sohn war. Nein, gewiss nicht.

Ilijas' schwarzes Haar war fettig geworden. Er hatte tagelang keine Dusche zu Gesicht bekommen. Mühsam kroch der junge Mann in sein Bett zurück und begann hemmungslos zu schluchzen. Er konnte spüren, wie Gott mit erhobener Hand vor ihm stand und wie er ihn für seine Sünden verdammte, wie er ihn für seine Untauglichkeit und seine Unwürdigkeit missachtete. Ilijas' Atem raste, und er versuchte, seine Beruhigungstabletten zu erhaschen, die sich auf einer kleinen Ablage oberhalb des Bettes befanden. Doch seine erbärmlich zitternden Hände griffen vehement daneben. Schließlich sank er apathisch in sein Bett zurück und starrte an die Decke. Schon seit Monaten hatte er das Gefühl zu fallen. Irgendwohin in endlose, haltlose Dunkelheit. Und er wusste nicht, wer ihm helfen würde. Er wusste nicht, wie er Zuspruch von Gott erwarten konnte, zumal er sich selbst nicht einmal imstande fühlte, sein Amt als Priester würdevoll auszuüben. Ilijas fühlte sich wertlos. Nichts als ein fahles Abziehbild seines Vaters kam ihm in den Sinn, wenn er über sich nachdachte. Er war kein Priester. Nicht einmal seines Glaubens war er sich gewiss. Bereits in diesen jungen Jahren hatte er sein Leben einer Religion verschrieben, welche ihn nicht einmal glücklich machte. Wieder schaute er seine Arme eine lange Zeit lang an. Die Wunden waren etwas aufgequollen vom Wasser. Wahrscheinlich würden die Narben nie verheilen.

Der Himmel schimmerte grau, nur zwischendurch durchquerten einige schwarze Vögel den bleiernen Vorhang. Es war ein verdammt eigenartiges Theaterstück, das sie alle spielten. Als winzige Statisten in einem riesigen Chaos der zweifelhaften Existenz eines »großen Ganzen«.

Ilijas stand wieder vor seinem Spiegel. Sein Blick war leer und abwesend, als er sich seine Lippen zu schminken begann. Gefangen in der Irrationalität eines Verzweifelten, lackierte er sich auch seine Fingernägel schwarz und zog sich an. Als er fertig war, hielt er kurz inne, ehe ihn ein schrilles Lachen überkam. Mitten in seinem kleinen, frommen Zimmerchen stand Ilijas Livchenko, verkleidet als schwarzes Etwas, zwischen hilfloser Agonie und verzweifelter Aggression und lachte, während im Osten die Sonne aufging.

6. Kollektiv am Abgrund

Es war ein schönes Gefühl, einmal ein paar Leute zu Gast zu haben. Daniel konnte nicht verstehen, warum manche Menschen Kollektivität mit Stress gleichsetzten. Er fand es angenehm zu fühlen, wie die Körperwärme und das verhaltene Lachen seiner Freunde sein Appartement erfüllten. Der Schmerz der vergangenen Monate trat ein wenig in den Hintergrund. Syd war wieder da. Er lebte nun zwei Straßen weiter, und mit ihm war eine Form von Halt und Sicherheit in Daniels Leben getreten. Nun gut, vielleicht sollte man vorsichtig mit derartigen Aussagen sein – gerade bei Syd Churchill, aber Daniel hatte lange nicht mehr so empfunden, und er liebte Syd dafür. Er liebte ihn, weil er zurückgekommen war, genau im richtigen Augenblick.

Die Luft in dem kleinen Zimmerchen war durchwoben von einem dünnen Tuch aus tausend Gesprächsfetzen; und Daniel, wie immer unter dem Einfluss seiner neongelben Bong stehend, konnte sie alle verstehen: Jeden einzelnen Buchstaben hörte er als individuelles Objekt aus den vielen Wortgeflechten seiner Besucher heraus. Sie amüsierten sich alle köstlich. Sie lachten, diskutierten und tanzten auf dem schweren Holztisch – zwischen leeren Mixery-Dosen und Weinflaschen.

Daniel hielt es gar nicht für nötig, sich in irgendwelche Gespräche einzubeziehen. Er saß viel lieber da und sah einfach nur zu, beobachtete ihre Körpersprache: Waren sie nervös? Waren sie entspannt? Hatten sie ein extremes Mitteilungsbedürfnis? Er liebte es zu beobachten, wie Menschen Konversation betrieben, und wenn er Leute zu sich einlud, dann tat er das nicht etwa, weil er eine besondere Bindung ihnen gegenüber verspürte oder weil er sie mochte. Nein, er wollte nur dasitzen und zusehen, wie sie sich unterhielten, wie sie sich einander näherten, wie aus Wortgefechten Sympathie entstand. Er wollte beobachten, wie Menschen unter- und miteinander lebten. Das war Daniel viel wichtiger, als selbst mit Menschen zu sprechen, denn darin war er nicht so gut.

Syd war nicht gekommen. Daniel traf ihn lieber allein. Meistens lasen sie sich aus dicken alten Büchern von Nietzsche oder Aristoteles vor. Die großen Philosophen waren schon immer so etwas wie eine gemeinsame Leidenschaft gewesen.

Einmal hatten sie sich eine Stripperin kommen lassen und Daniel hatte beobachtet, wie sich ihre Brüste im Spiegel brachen. Er schaute sich ihre Show im Spiegel an und fand es faszinierend, nur ihr Abbild zu sehen und festzustellen, wie real es wirkte. »Oh Gott, ich liebe deine Pampelmusen …«, hatte Syd immer wieder gesagt, während er ihr sturzbetrunken 15 Pfund in den Slip steckte. Ihm hatte die Show wohl sehr zugesagt – wenn auch in etwas anderer Form als Daniel: Syd onanierte damals auf das alte Sofa, und Daniel hatte am nächsten Tag alle Mühe, die Flecken zu entfernen.

Es war spät, als auch der letzte Besuch gegangen war. Nur Seraphine und Joel blieben noch ein oder zwei Stunden länger als die Übrigen. Sie waren ein hübsches Paar, und wenn Daniel die beiden so dort sitzen sah, dann war er ein wenig neidisch. Nicht missgünstig oder gar boshaft verärgert – nein, nur ein bisschen neidisch auf ihr Glück. Seraphine trug langes, festes blondes Haar. Sie hatte es immer geflochten – zu einem niedlichen Bauernzopf. Sie trug ausschließlich Schwarz, und die Obszönität und Gewagtheit ihrer ungewöhnlichen Outfits stand stets in einem sehr interessanten Kontrast zu der bäuerlichen Unschuld ihres symmetrischen Puppengesichts. Daniel fand sie nicht sehr hübsch, auch wenn an ihr rein objektiv betrachtet sicherlich eine Schönheitskönigin verloren gegangen sein konnte. Seraphine war ein kleines, naives Satanistenmädchen, welches verzweifelt nach Erklärungen und Antworten auf alle ihre Fragen suchte. Sie hatte ihre erste Bibel mit zwölf Jahren auf dem Heuboden ihrer Eltern verbrannt. Dass sie diesen aus Unachtsamkeit gleich mit entflammte und beinahe in dem Inferno umgekommen wäre, verschwieg sie natürlich geflissentlich.

Hinter ihrer kühlen Fassade steckte eine kindliche, zerrissene Seele, die völlig orientierungslos in einer ihr absolut fremden Welt herumirrte. Seraphine verstand weder etwas von Satan noch von Gott. Sie war eine Marionette ihrer eigens erschaffenen blinden Rebellion und bündelte all ihre Energie in einer Antihaltung der Welt gegenüber, um ihrem Selbsthass zu entfliehen. Sie lebte ihre innersten Ängste und Abgründe nachts auf Friedhöfen zwischen toten Katzen und Klagegesängen aus und verstand diese Praktiken als eine Art Exorzismus, als konfrontative Seelenreinigung. Deswegen fand Daniel sie auch nicht reizvoll oder gar attraktiv. Denn tatsächlich war sie so rein und unschuldig wie kaum ein anderes Wesen, das er kannte, egal wie düster ihr Erscheinungsbild auf den ersten Blick sein mochte. Seraphine Suravi würde immer das kleine Bauernmädchen bleiben, welches den Blick für die Realität verloren hatte. Sie tat alles, um nicht gewöhnlich zu sein, und war es gerade aus diesem Grunde umso mehr. Joel hingegen war ein sehr charmanter, aber abgrundtief böser Anarchist. Daniel wusste, dass er ihn nie verstehen würde. Aber das zählte nicht. Man brauchte Joel nicht zu verstehen. Man lernte auch so unglaublich viel von ihm. Er sprach mit einer weltfremden und weisen Gelassenheit, die Angst machte. Aber gerade deshalb fühlte man sich nach zwei Stunden intensiven Gesprächs mit Joel irgendwie erleichtert, bisweilen auch ernüchtert. Die eigenen weltlichen Probleme waren nicht mehr existent, wenn Joel von seinen Visionen vergangener Zeiten und seinem sadistischen Leben als Logenoberhaupt einer schwarzmagischen Sekte zu berichten begann. Wenn man einen Blick in Joels Welt erhaschte, dann wirkten die eigenen Probleme wie purer Luxus, und das war bitter und angenehm zugleich. Joels Methode, Menschen zu helfen, bestand darin, sie zu quälen oder so lange auf sie einzureden, bis sie weinend auf dem Boden saßen und jegliches Leben auf dieser Erde anzweifelten. So lernten sie zu erfahren, was wirkliche Schmerzen und Ängste sind, und so gingen sie mit einem anderen Blick durchs Leben. Er stumpfte sie ab wie einen Bleistift, den man immer wieder auf einen Holztisch schlägt. Irgendwann zerbricht er, und man ist froh, wenn er überhaupt noch schreiben kann. Die Konsistenz seiner Miene ist plötzlich Nebensache. Daniel war fasziniert von Joel; jedoch hielt er eine gewisse Distanz ihm gegenüber. Warum, wusste er selbst nicht so genau, denn er hatte, soweit er sich einschätzen konnte, niemals über irgendwelche Selbstschutzmechanismen verfügt.

Es musste schon früher Morgen gewesen sein, als Daniel mit einem stummen Lächeln auf den Lippen in den Schlaf glitt. Das Letzte, woran er sich erinnerte, war der zarte Gesang der Vögel, welche die Dämmerung ankündigten.

7. Totes Kind

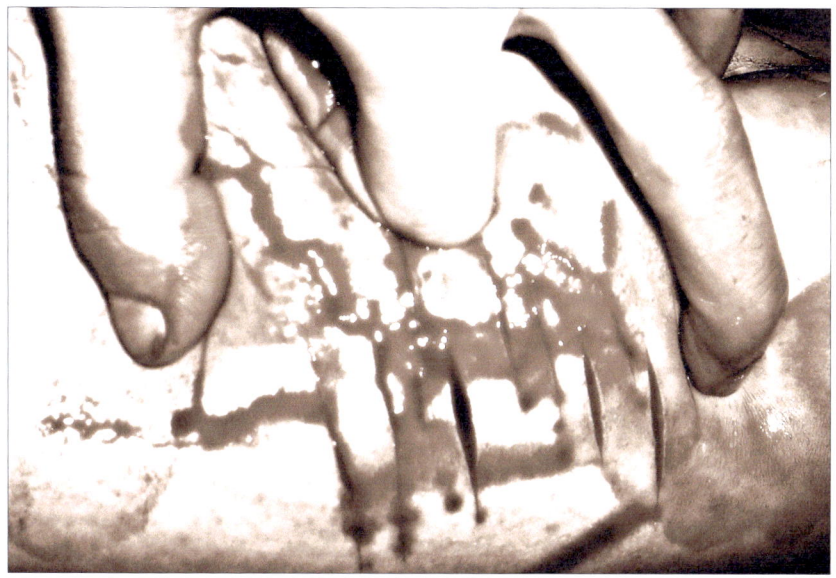

Ilijas weinte, als er begriff, dass der Morgen anbrach. Wie gern wäre er in seinem kleinen Bett eingeschlafen und nie wieder aufgewacht.

Es war Freitag. Die Morgenmesse übernahm ein anderer Priester. Sean war Mitte sechzig und trug einen langen schneeweißen Bart, der stark an jenen von »Santa Claus« erinnerte.

Ilijas war ein wenig erleichtert darüber, dass er sich krankgemeldet hatte. So musste er nicht wieder dort oben auf der Kanzel stehen und lügen. Er hasste dieses Gefühl, wenn all die menschlichen Lemminge dort vor ihm in Reih und Glied standen und seinen hallenden Worten lauschten. Aber Ilijas wusste, dass es allenfalls ein vorübergehender Ausweg war, sich krankzumelden. Viele seiner Freunde sagten, er habe sich isoliert, und er wusste, dass sie recht hatten. Doch seine Kraft reichte momentan lediglich dafür, seine Verdrängungsmechanismen aufrechtzuerhalten und sich über Tage in seinem Zimmer zu verbarrikadieren. Sprachlosigkeit hatte Besitz von ihm ergriffen. Er war sich sicher, dass ihm nur noch wenige seine Krankheitsgeschichte abkauften, und es beunruhigte ihn zutiefst, wenn Leute ihn anriefen, um sich mit einem bitteren, ironischen Tonfall in der Stimme nach seinem Befinden zu erkundigen.

Ilijas saß auf seinem schweren Holzstuhl und starrte in den Spiegel, wie er es schon so oft getan hatte. Er spürte sie, die Sackgasse in seinem Inneren. Ilijas schloss die Augen; sie waren rot und aufgequollen. Die Schwärze, welche sich vor seinem Blickfeld breitmachte, war beruhigend. Ilijas hatte nur für den Augenblick zu leben gelernt; denn nach vorn zu schauen machte ihm Angst. Er hatte weder die Kraft noch die nötige Selbstachtung, um einfach fortzuziehen und zu sagen: »Ich führe MEIN Leben, ich bin kein Produkt eurer Wünsche.«

Als er sich auf den Weg in die Küche machte, um ein Glas Wasser für seine Beruhigungstabletten zu holen, wurde ihm übel. Die Beine zitterten, als könnten sie die Last seines Körpers nicht mehr tragen. Ilijas hatte seit zwei Wochen kaum gegessen, und er beabsichtigte auch nicht, das zu ändern, denn ihm drehte sich der Magen um, wenn er nur an Essen dachte.

Ilijas' Küche war eine niedlich eingerichtete, smarte Einbauküche mit weißen Fliesen und bunten Tapeten. Ein kleiner Gasherd befand sich in der Mitte zwischen Spüle und Küchenschrank. Eine Mikro-welle stand auch dabei. Jedoch nutzte er sie meistens nur, um sich seine Milch warm zu machen. Ilijas liebte warme Milch. Irgendwo hatte er einmal gelesen, dass kleine Kinder immer warme Milch von ihren Müttern bekommen, wenn sie sich schlecht fühlen oder krank sind.

Sichtlich bemüht, das kleine Glas Wasser nicht fallen zu lassen, schwankte Ilijas unsicher in sein Schlafzimmer zurück. Wieder im Bett angekommen, starrte er eine Weile an die Decke. Seine Augen waren müde und brannten. »Ich bin verrückt. Verdammt, ich bin verrückt geworden«, dachte er. Ilijas' Hände verkrampften sich in seinen Ar-men. Sie bohrten sich wie Schraubstöcke in seine Haut. Und als er sich von weit her schreien hören konnte, fühlte er sich besser. Unermüdlich und immer fester wurde sein Griff, und als Ilijas spürte, wie sich seine Finger in sein Fleisch bohrten, lehnte er sich zurück und fühlte Blut fließen. Warm und schwer. Es floss in sein weißes Bettlaken, wie schon so oft in den letzten Tagen.

»Ich bin verrückt! VERRÜCKT!«

Aus dem Schmerzensschrei wurde ein hohles, totes Lachen. Dann herrschte Stille.

Ilijas erinnerte sich plötzlich an ein Gespräch, das er bei einer Visite in einer psychiatrischen Klinik mit angehört hatte. Eine Krankenschwester mit dem typischen weißen Kittel hatte damals in der Zelle bei einem älteren Patienten gesessen und dessen Wunden gereinigt. Er war ein hässlicher älterer Mann gewesen, mit einer zersplitterten Brille auf der Nase. Noch einmal tauchte Ilijas in dieses Bild aus seiner Vergangenheit ein. Dann sah er es deutlich vor sich:

»Warum tust du das?«, fragte die Schwester.

»Es beruhigt«, gab der alte Mann zur Antwort. Seine Stimme klang schrecklich gleichgültig.

»Und?«, fragte die Schwester weiter.

»Ich mag den Schmerz.« Ein kurzes Schweigen in der Zelle.

»Das ist krank«, so schließlich die Schwester. »Vielleicht.«

Als der alte Mann zu grinsen begonnen hatte, war Ilijas angewidert weitergegangen, um bedürftigen Patienten aus der Bibel vorzulesen und sie zu segnen. Den alten Mann hatte er ausgelassen. Gott wusste warum.

Abgerissene Hautfetzen hingen von Ilijas' Armen herab. Unter ihnen schimmerte das blanke Fleisch. Rötlich, weiß und feucht.

Das Schlafzimmer füllte sich mit heißem, kupfernem Blutgeruch. Langsam lösten sich Ilijas' Finger von seinen Armen. Sein Atem ging unregelmäßig. Er wand sich in seinem Bett wie ein sterbender Fisch, ehe er das Bewusstsein verlor. Der Fernseher lief, und irgendein Schriftsteller hielt in einer Literatensendung eine Lesung. Mit gesenkter Stimme sprach er in die tote Stille des kleinen Schlafzimmers hinein: »Es lacht nicht mehr, das tote Kind. Es weint nicht mehr, das tote Kind. Es liegt nur da und schreit die Zeit an und fragt: *Warum?* Doch niemand weiß die Antwort.«

8. Das Ende im Anfang

Die Klinik im Westen von London war riesig, und Annick hatte Mühe, sich zurechtzufinden. Dutzende enge, kahle Gänge führten in die verschiedensten Abteilungen und Richtungen. Die Klinik war in einheitlichem Beige gehalten. An den Decken schimmerten matte, runde Lampen und zu beiden Seiten reihten sich Türen aneinander, die allesamt in einem schmutzigen Grün gestrichen waren. Die Kinderabteilung unterschied sich kaum von den restlichen. Vor dem Stationseingang befand sich lediglich ein kleines buntes Schild mit der Aufschrift: *Nur für Patienten bis zum 14. Lebensjahr.* Annick hätte am liebsten in einer klassischen Kinder- und Jugendpsychiatrie gearbeitet; doch die Abteilung für Kinder war vor einigen Jahren von jener für Jugendliche separiert worden. Letztere befand sich im Erdgeschoss und war speziell für Mädchen und Jungen vom 14. bis zum 18. Lebensjahr. Ein wenig nervös sah sich Annick um. Ihre Schuhe klackten bei jedem Schritt entsetzlich laut auf dem Steinboden.

Das Büro des Klinikleiters hob sich durch eine monumental wirkende, schwere Holztür von der einheitlichen Sterilität des Labyrinths aus beigefarbenen Wänden und grünen Türen ab. Annick atmete tief durch, schloss kurz die Augen, strich sich ein letztes Mal ihre Haare zurecht und klopfte schließlich zaghaft, während sie ihren Schuhen dabei zuhörte, wie sie nervös den Steinboden bearbeiteten. Hinter dieser Tür empfing Annick ein großer weißer Raum, nett eingerichtet mit Designermöbeln. Sogar eine Bang & Olufsen-Anlage stand auf einer kleinen Kommode in einer Ecke des Zimmers.

Mr. Douglas war ein attraktiver älterer Herr. Sein weißer Kittel wirkte dezent und angepasst, aber in seinem Blick lag ein Hauch von aristokratischer Arroganz, welche auf eine einschüchternde Art und Weise mit dem aufwendigen Interieur des Büros im Einklang zu sein schien.

Annick war ein wenig verwundert über die Tatsache, dass der Leiter eines psychiatrischen Krankenhauses verpflichtet zu sein schien, einen Kittel zu tragen. Ihr Job beschränkte sich in der Regel auf Verwaltung, Management, Personalführung und ähnlichen Bürokram. Sie sahen die Patienten nur selten. Wozu also so ein Kittel? Doch Annick hielt es für besser, sich mit Fragen solcher Art ein wenig zurückzuhalten. Mr. Douglas hatte eine angenehme, sehr ruhige Stimme, und hinter seiner autoritären, strengen Fassade glaubte Annick einen Hauch von Menschlichkeit zu entdecken. Sie hatte solche Vollprofis immer bewundert und fühlte sich ihnen gegenüber immer klein und nichtsnutzig. Vielleicht waren einige Menschen wirklich mehr wert als andere. Aber warum gehörte sie nicht zu denjenigen der oberen Schicht? Warum liefen ihr Männer, Geld und Angesehenheit nicht hinterher? Was hatte sie falsch gemacht, dass sie ihre akademische Laufbahn für einen Krankenschwestern-Job zwischen Hunderten von Geisteskranken aufgeben musste? Warum hatte man ausgerechnet in diesem Jahr die Studiengebühren derartig angehoben, dass Annick einfach das Geld fehlte, um weiterhin ihre Vorlesungen zu besuchen? Schon oft hatte sie sich diese Fragen gestellt, die wohl zu jener Kategorie von Fragen zählten, auf die es keine Antworten gab. Vielleicht fanden sich auf der

Welt einige Weise, die diese Antworten kannten, jedoch zählte Annick sich nicht zu ihnen. Sie wünschte sich Liebe, Annerkennung und ein bisschen Geld, um gut über die Runden zu kommen. Erwartete sie zu viel vom Leben? Manchmal widerte Annick ihre primitive Denkensweise an; abstellen konnte sie sie dennoch nicht. Sie wusste, dass all diese Gedanken furchtbar selbstmitleidig und unreif anmutetcn, aber sie hatte dennoch nicht immer die geistige Größe, um ihr Schicksal mit Würde zu tragen.

Mr. Douglas musterte sie eine lange Zeit. Seine Augen waren wach und feucht. Annick mochte es nicht, so angestarrt zu werden. Sie ließ sich jedoch keinerlei Unbehagen anmerken und beantwortete bereitwillig und ausführlich alle Fragen.

»Sind Sie erprobt im Umgang mit psychisch kranken Menschen, Miss …« Mr. Douglas stockte. Seine Augen wanderten hektisch über einen kleinen Zettel vor ihm. »Oniree.« Annick wollte Mr. Douglas nicht unnötig in Verlegenheit bringen.

»Natürlich, Oniree, das war es.« Mr. Douglas lächelte zum ersten Mal. Es war ein warmes, aber distanziertes Lächeln.

»Um zum Thema zurückzukommen: Wie erprobt sind Sie im Umgang mit psychisch kranken Menschen, Miss Oniree?«

Annick riss sich nervös einen Fingernagel ein. Was sollte sie darauf sagen? Sie atmete durch und wollte nachdenklich wirken: »Nun, ich habe durchaus Erfahrungen im Bereich der Krankenpflege. Ein Dreivierteljahr habe ich in einer kleinen Klinik in Southampton gearbeitet. Sie gehörte meinem Vater. Danach habe ich beschlossen zu studieren, was sich jedoch vorerst auch zerschlagen hat. Ich möchte gern etwas wirklich Handfestes tun. Etwas, womit ich Menschen helfen kann.«

Annicks Fingernagel blutete. Gern hätte sie ihn sich in den Mund gesteckt. Wie ein kleines Baby. Es tat weh.

Ihre Aussagen gaben stets bestenfalls die halbe Wahrheit wieder, allerdings wirkten sie äußerst authentisch, so wie sie von Annick vorgetragen wurden. Sie lächelte Mr. Douglas ermutigend an. Dieser seufzte ein wenig. »Sehen Sie, Miss Oniree … Sind Sie sich der möglichen Auswirkungen einer langen Tätigkeitzeit in einer psychiatrischen Klinik bewusst?«

Annick nickte. Sie ließ Mr. Douglas jedoch weitersprechen: »Es kann zu Problemen kommen, wenn Sie nach dem Arbeitstag nicht fähig sind abzuschalten. Es ist wichtig, die Geschehnisse in der Klinik auch in dieser belassen zu können, um nach Feierabend ein eigenes Leben zu führen. Viele Krankenschwestern berichten von massiven Schlafstörungen, Identitätskrisen und Depressionen.«

Ein langes Schweigen folgte; es hing schwer und drückend über dem großen Schreibtisch. Annick schaute abwesend zu Boden. Mr. Douglas musterte sie weiterhin unentwegt. Schließlich begann Annick wieder zu sprechen. Ihre Stimme klang belegt und leise. Während sie sprach, wunderte sie sich ein wenig über diese merkwürdige, beklemmende Stimmung. Die Klinik erschien ihr wie ein fremdes, kaltes Gebäude mit lauter Menschen, welche wie Puppen umherliefen. Doch sie faszinierte dieses Gefühl.

»Nun, ich bin mir der psychischen Belastung durchaus bewusst, Mr. Douglas. Dennoch würde ich hier gern meinen Dienst verrichten. Es ist so, dass mich der Bereich der Psychiatrie wirklich interessiert; und im Übrigen denke ich, dass ich mir die Arbeit hier durchaus zutrauen kann. Ich habe eine sehr stabile, gesunde Lebenshaltung und alles andere als eine labile Psyche.« Sie stockte. Mr. Douglas hatte zu grinsen begonnen. Er ließ sich Zeit mit seiner Antwort. Für eine Sekunde beobachtete Annick das Blut, welches ihren Zeigefinger hinabfloss. Sie legte ihre Hand behutsam in den Schoß, um einer möglichen Verschmutzung des weißen Fußbodens vorzubeugen.

»Würde es Ihnen etwas ausmachen, schon morgen anzufangen, Miss Oniree?« Er blickte sie nun sehr freundlich und offen an. Zum ersten Mal in dem Gespräch. »Ich würde Sie zu Beginn noch nicht in der Notaufnahme arbeiten lassen. Ich halte die vierte Etage für angemessen.«

Annick dachte nach. Auf der vierten Etage befanden sich vorwiegend jüngere Leute zwischen 18 und 30 Jahren. Soweit sie informiert war, hatte es diese Leute nicht ganz so schlimm erwischt.

»Natürlich.« Ihre Stimme klang nun wieder selbstsicherer, und für einen kurzen Moment erhellte sie die drückende Atmosphäre ein wenig.

»Wann soll ich da sein?« Annick gab Mr. Douglas die Hand.

»Um sechs Uhr früh. Die Bezahlung erfolgt wie besprochen. Und über Früh- und Spätschichten sind Sie sich, wie ich glaube, auch im Klaren.«

Wieder nickte Annick stumm. Ihre Augen wanderten noch einmal über die sterilen Möbel und blieben an der Bang & Olufsen-Anlage hängen.

»Miss Oniree?«

Annick drehte sich um.

»Ihr Finger blutet.« Er lächelte wieder. Annick schloss die Tür und ging schweigend den Gang hinab.

9. Welt am Fließband

Es war Montagmorgen. In dem kleinen Lebensmittelladen, in welchem Daniel arbeitete, herrschte Hochbetrieb. Mit einer unglaublichen Schnelligkeit fuhren seine Finger über die Tasten. Das monotone Piepen der Kasse verschmolz mit dem Stimmengewirr von Angestellten und Kunden zu einem tänzelnden Geräuschteppich. Die Luft war erfüllt von dem lieblichen Geruch der frisch gebackenen Brötchen. Daniel hatte Hunger. Nicht viel. Es war nur ein geringer Appetit. Er beschloss also, erst später eine Kleinigkeit zu sich zu nehmen.

»Das macht fünf Pfund, Kleine.« Daniels Stimme war leise und heiser. Das blonde Mädchen an der Kasse lächelte Daniel ehrfürchtig an. So wie ein naives kleines Ding eben einen »großen Mann« ansieht. Daniel amüsierte ihr Blick. Sie fummelte nervös an ihrem Schlüsselbund herum, während Daniel ihr Rückgeld organisierte. Zum Abschied winkte sie. Doch er sah sie nicht mehr zur Tür hinausgehen, denn er musste sich geschwind um einen Penner kümmern, der sein Pils bezahlen wollte. Beißender Schnapsgestank schlug Daniel entgegen. Der Penner kratzte sich blutige Krusten von seinem kahlen Haupt und starrte abwesend in die Menge. Eine Weile blickte Daniel ihm nach, sah zu, wie ihn das Grau der Straße verschlang. Unwillkürlich begann er leise vor sich hin zu singen. Singen half dabei, die Zeit totzuschlagen. Eine ältere Dame packte ihr Erstandenes auf das kleine Laufband. Ihr graues Haar trug sie in Form einer herausgewachsenen Dauerwelle, und sie hatte sichtlich Mühe, in ihren Stöckelschuhen Halt zu finden. Aber sie hatte ein hübsch geschminktes, freundliches Gesicht und warme Augen. Daniel bongte die Tiefkühlpizzen, diverse Dosengetränke, eine Packung Kondome, Slipeinlagen, künstliche Fingernägel zum Ankleben und Wattestäbchen ein. Die Frau schien allein zu leben. Ohne Ehepartner, Kinder oder dergleichen. Daniel fand es ein wenig unfair seinen Kunden gegenüber, sich nähere Gedanken über ihr Privatleben zu machen, doch er glaubte mit seinen Vermutungen meistens richtig zu liegen. Diese Tatsache erfreute ihn von Zeit zu Zeit sogar ein bisschen. Warum, wusste er nicht genau.

Höflich verabschiedete sich die Frau. Doch Daniel antwortete nicht. Es gingen einfach zu viele Leute an der Kasse vorbei, um jedem zu antworten. Die meisten sagten noch nicht einmal so etwas Einfaches wie »Guten Tag« oder »Auf Widersehen«. Daniel ärgerte sich nicht mehr über diese Gleichgültigkeit seiner Kunden.

Dumpf klopfte ihm jemand auf die Schulter. Daniel fuhr erschrocken herum und schüttelte sich, als könne er den eisigen Schauer abschütteln, welcher ihm dieses Schulterklopfen über den Rücken gejagt hatte. Hinter ihm stand sein Chef. Er war ein großer, molliger Typ mit langem Haar und einem verschmitzten Grinsen. Daniel mochte ihn. »Meyer, du kannst Mittagspause machen.« Daniel nickte und entledigte sich seines Kittels. Endlich konnte er eins von diesen herrlich frischen Brötchen kosten und einen Kakao trinken – wie jeden Mittag. Doch heute war ein besonderer Tag, denn die Brötchen waren so frisch, dass sie noch warm waren. Daniel liebte warme Brötchen und Kakao. Während er so dasaß und aß, begann er wieder zu singen und eine Angestellte fiel in die Strophe mit ein: »Mother I tried, please believe me. I'm doing the best that I can. I'm ashamed of the things I've been put through, I'm ashamed of the person I am … Isolation … Isolation.« Daniel lächelte sie an. Er war ein bisschen verunsichert und kam sich mit einem Male sehr fehl am Platze vor, ungeschickt und tollpatschig. Er wusste nicht genau, ob er sich seines Gesanges wegen schämte oder ob ihn die Tatsache verwirrte, dass sein Gegenüber den Text des Liedes auch kannte. Das Mädchen war klein, vielleicht 1,45 Meter. Ihr Haar war lang und lockig, und ihr Gesicht war mandelbraun. Daniel wandte sich ab und packte sein Brötchen wieder ein. Die Mittagspause war bald vorbei. Erst als er sich dabei erwischte, wie er das Mädchen immerfort aus dem Augenwinkel beobachtete, fiel ihm ein, dass sie die angekündigte neue Mitarbeiterin sein könnte, von der Daniels Chef vor zwei Wochen gesprochen hatte. Daniel musste über sich selbst lachen. Wie konnte er so vergesslich sein? Seine Hände waren weiß-rot gescheckt und kalt. Stets fummelten sie unruhig an irgendwelchen Utensilien herum. Daniel vermutete, dass sowohl diese Eigenschaft als auch die Beschaffenheit seiner Hände vom Rauchen verursacht wurde. Sein Blick fiel auf seine halb leere Schachtel Marlboro. Eigentlich hatte er beschlossen, etwas weniger zu rauchen. Den Vorsatz, ganz aufzuhören, hatte er nach einem Tag mit massiven Entzugserscheinungen ein für alle Mal ad acta gelegt. Daniel verabscheute dieses Gefühl, seinen Willen nicht unter Kontrolle zu haben. Wenn er kiffte, dann erweiterte er seine Wahrnehmung, aber er hatte sich stets unter Kontrolle. Mit dem Rauchen war es eine andere Sache. Daniel hasste jegliche Situationen, die sich dadurch auszeichneten, dass sie nicht hundertprozentig unter seiner Beeinflussung standen. Er musste immer »Nein« sagen können. Vielleicht war diese Tatsache einer der Gründe dafür, weshalb Daniel panische Angst vor sexuellen Kontakten hatte. Er liebte Frauen, er liebte ihre Körper. Aber in der Regel schaute er sie lieber an, anstatt sie zu berühren. Es war diese dumpfe, unerklärliche Angst, sich in einem dieser Körper zu verlieren. Die Angst …

Daniel schnitt seine Gedanken abrupt ab. Mittlerweile hatte er gelernt, an etwas anderes zu denken, wenn er es wollte. Es hatte ein langes Training und viel Selbstbeherrschung gekostet, aber nun funktionierte es. Ab und an jedenfalls. Daniel war sehr stolz auf die Gabe, von Zeit zu Zeit seine Gedanken beeinflussen zu können. So wie Geschäftsmänner stolz auf ihr Geld, Models stolz auf ihren ersten Catwalk-Run und Tennisspieler stolz auf ihren ersten Wimbledon-Sieg sind, so war er stolz auf seine ganz besonderen geistigen Fähigkeiten.

Müde ließ er sich auf den kleinen Sessel im Frühstücksraum fallen und überhörte die Stimme seines Chefs, der erst leise, dann immer intensiver nach ihm rief. Während er sich eine Zigarette anzündete, schielte er wieder zu dem mandelbraunen Mädchen hinüber. Nun stand sie links hinter ihm und lutschte einen Lolli.

Daniel erinnerte sich an ein sehr merkwürdiges Bild, welches aus den Tiefen seiner Erinnerung emporzusteigen schien: Er sah einen rot leuchtenden Herzlolli vor sich, jedoch in einem anderen Rahmen, einem anderen Zusammenhang. Es war merkwürdig, Daniel konnte diese intensive Erinnerung nirgends einordnen. Er sah nur diesen Lolli auf so seltsame Weise mit einer unglaublichen, überirdischen Leuchtkraft. Er wirkte auf ihn wie ein Kunstwerk. Und der Lolli pulsierte, ja, er schien sogar zu *leben*.

Daniel riss seinen Rucksack von der kleinen Ablage zu seiner Linken und machte sich schnell auf den Weg zurück zur Kasse. Er hörte das Mädchen mit dem Lolli irgendetwas rufen, doch er ignorierte es. An seinen Arbeitsplatz zurückgekehrt, lehnte Daniel sich zurück und versuchte seinen Atem zu beruhigen. Blackout. Wieder einmal die Kontrolle verloren. Scheiße. Daniel zitterte, als er wieder die Preise in die Kasse eintippte. Diesmal beobachtete er keinen der Kunden. Seine Augen starrten leer und müde auf sein Tastenbrett, und er sehnte sich ein wenig nach seiner kleinen Lieblingskrähe. Sie war nicht da gewesen. Lange nicht.

10. Gemeinsam einsam

Die ersten Arbeitstage in der Anstalt waren anstrengend. Annick schlief schlecht und trank wieder mehr als gewöhnlich. Immerfort sah sie die Gesichter verschiedenster Patienten vor sich; und nachts, wenn alles still wurde, glaubte sie ihr Geflüster und ihre Schreie zu hören. Dann sah sie den Hass in den toten, leeren Augen der vielen jungen Menschen, welche ihr Leben an der Pforte der Anstalt abgegeben zu haben schienen. Aber vielleicht dachten und fühlten sie nur anders als ihre Pfleger und Ärzte, und so sedierte man sie, anstatt ihnen zuzuhören. So viele Menschen, welche an ihrer Unfähigkeit scheiterten, sich in das gesellschaftliche Kasperletheater einzufügen, das als Realität verkauft wurde. Sie lebten irgendwo in ihrer eigenen Welt und gewährten niemandem Zugang zu ihr. Annick hatte versucht, ihrer neuen Tätigkeit etwas Anspruchsvolles und vor allem etwas Sinnvolles abzugewinnen. Doch mittlerweile fühlte sie weit mehr als das: Sie spürte eine Mischung aus Identifikation mit ihren Patienten und deren Ausstieg aus der Alltäglichkeit; sie bemerkte den vielfachen tiefen Wunsch in ihnen, Teil von einer vielleicht doch irgendwie faszinierenden Welt zu sein. Und sie nahm ihre eigene Hilfsbereitschaft wahr. Doch sie hatte begreifen müssen, dass es gar nicht wirklich darum ging, diesen Menschen zu helfen. Wie sollte man das auch können, wenn man nicht einmal versuchte, ihre Weltanschauung, ihre Beweggründe und ihr Leid zu verstehen, und nicht gewillt war, ihnen auch nur einen Funken Achtung entgegenzubringen? Es ging offenbar manchmal nur um das Fortschließen von »mentalen Fehlkonstruktionen«, wie Annicks Arbeitkollegin Cybill so unverfroren zu witzeln pflegte, welche man nicht in den Fließbandproduktionen der Gesellschaft unterbringen konnte. Es ging nicht um den notwendigen Versuch, die Denkweise und das Verhalten der Kranken zu studieren; viel wichtiger war es offenbar, ihnen Spritzen zu geben, damit sie aufhörten zu kreischen und damit man ihnen die Betten machen konnte. Mit Therapie oder Pflege hatte das wenig zu tun. Es war mit einem Wort als *grausam* zu beschreiben, was dort vonstattenging. Jeden Tag aufs Neue verlorenen

Menschen in ihre zerfallenen Gesichter blicken zu müssen und mit den anderen Schwestern, die an ihrer anerzogenen Gleichgültigkeit erstickten, oberflächliche Gespräche zu führen, das war kaum das, was Annick sich von ihrem neuen Job erhofft hatte.

*

Es war ein schöner Samstagabend, als Syd sie besuchte, und Annick hatte die Wohnung ein wenig auf Vordermann gebracht. Sie wusste, Syd wäre der Letzte, der auch nur ein einziges Wort über eine unordentliche Wohnung verlieren würde, denn für ihn lag eine gewisse Ausgeglichenheit in der Melancholie des überblickbaren Chaos. Aber Annick brauchte Ordnung in ihrer Wohnung, vermutlich um ihren innerlichen Stress zu kompensieren. Das war meistens so. Durch ihr pedantisches Verhalten konnte sie wenigstens versuchen, das »Außen« irgendwie zu reparieren, um von ihrem inneren Trümmerfeld abzulenken.

Es war lange her, dass die beiden sich gesehen hatten. Annick fand es merkwürdig und irgendwie befremdlich, ihn schließlich wieder vor sich stehen zu sehen. Irgendwie war es so bizarr wie ein Traum, der nicht recht real werden wollte. Syd war blass und mager. Aber das war er seit Jahren. Seine schwarzen Löckchen waren länger geworden, und sein Erscheinungsbild war noch verwahrloster als vor seiner Abreise. Auf seinen Augen lag ein Schleier. Syd hatte diesen milchigen Nebel im Blick, welcher die Welt der Drogensüchtigen von der Welt der Straightedge-Generation trennte. Annick mochte Syd, und das spürte sie auch in jenem Moment, als er nach einem Jahr wieder vor ihrer Tür stand. Aber irgendetwas war anders. Es war, als wäre ihr ein kleiner Teil von ihm entglitten. Da war etwas Fremdes. Etwas, das sie nicht greifen konnte.

»Ich war vor ’ner Woche oder so da. Und du … Du hast mich draußen im Regen stehen lassen.« Seine Stimme klang rau, fast schon rauchig. Annick zuckte die Schultern. Syd begann zu grinsen.

»Du hattest das Licht ausgemacht und ›Velvet Touch‹ am Laufen. Auf endlos, glaub ich.«

Annick lachte, um ihre Unsicherheit zu überspielen.

»Da hab' ich mir gerade einen gefingert.« Ihre Aussage fiel schwer wie ein Stein in den Kommunikationsfluss der beiden. Beschämt über ihren Kommentar, lachte Annick. Derweil stand Syd etwas verloren grinsend in der Tür.

»So, so«, sagte er schließlich. Wieder trug er diesen verträumt-nachdenklichen Ausdruck im Gesicht. Als Annick sich gefangen hatte, räusperte sie sich verlegen und sagte schnell: »Komm rein und setz dich. Hast bestimmt 'ne Menge zu erzählen.«

Syd ging langsamen Schrittes in den kleinen Wohnraum und blickte sich interessiert um, bevor er sich setzte. Annick holte eine Flasche Krombacher und ein paar Dosen Whiskey-Cola aus dem Kühlschrank, stellte eine rosafarbene Schale mit Nachos und Dip hinzu und blickte Syd schließlich gespannt an. Dieser grinste noch immer und räusperte sich ein paar Mal, ehe er zu erzählen begann.

Annick saß eine lange Zeit einfach nur da, ohne Syd zu unterbrechen. Sie war wie gefangen in seinen Erzählungen und schier unfähig, dieser Flut von Abenteuer und Irrsinn etwas entgegenzusetzen, was an potenziellem Unterhaltungswert auch nur annähernd an seine Erlebnisse heranreichen konnte. Syd war quer durch die USA gereist, hatte sich fünf Nächte hintereinander im Nachtleben von New York um die Ohren geschlagen, hatte sich durch Samenspenden über Wasser gehalten und sich Geld für seinen Stoff beschafft, indem er für ein Musikmagazin Kritiken schrieb.

»Hattest du denn Freunde dort?«

Syd sah Annick ungläubig an.

»Menschen kommen und gehen, das ist doch immer so. Weißt du, New York erstickt an seiner Oberflächlichkeit. Es gibt dort so viele gescheiterte Persönlichkeiten. Da darfst du nicht an wahre Freundschaft glauben. Das existiert nicht mehr. Jeder muss sein eigenes Ding machen. Jeder ist doch im Endeffekt sowieso alleine.« Annick schwieg eine Weile. Ein wenig scheu sah sie Syd nun an. Ihr kleiner Lieblingsweltenbummler.

»Man, musst du einsam sein«, dachte sie still bei sich, als sie zum Kühlschrank ging, um ein paar neue Dosen zu besorgen. Doch schon auf dem Rückweg ins Zimmer wurde ihr klar, dass sie es auch war. Sie war genauso allein wie Syd und wie alle anderen auch.

Syd war eingeschlafen, als Annick zurückkehrte. Sie stellte lächelnd die Dosen auf den Tisch und legte sich neben ihn, spürte seinen Atem und kuschelte sich an seinen schlafenden Körper, um wenigstens für ein paar Momente nicht mehr ganz so einsam zu sein.

11. Vater unser in der Hölle

Auf, ich will hinziehen zu meinem Vater und ihm sagen: *Vater, ich habe gesündigt gegen den Himmel und vor dir, ich bin nicht mehr wert, dein Sohn gerufen zu werden. Stelle mich wie einen deiner Tagelöhner …* Und er machte sich auf und ging zu seinem Vater …« Ilijas' Stimme war brüchig und erfüllte die riesige Halle der Kirche nur spärlich. Nichts war übrig geblieben von der majestätischen Erscheinung, von der Stärke und Weisheit, welche ein Priester ausstrahlen sollte. Die Mittagssonne brüllte die ausgedörrte Landschaft an, und ein paar Vögel zwitscherten vereinzelt in dem nahe gelegenen kleinen Wäldchen.

Ilijas war bleich. Und während er vor die Kanzel trat, um die Besucher des Gottesdienstes zu segnen, stand sein Vater mit vor Stolz glänzenden Augen in der Sakristei und lächelte.

»Der Leib Christi …« Mrs. Norton hielt die Hände geöffnet und blickte demütig zu Boden. »Amen«, flüsterte sie zaghaft und ging ihres Weges. Ilijas nickte ermutigend und wandte sich Mr. Taty zu. Er war ein alter Greis, der seit 50 Jahren jeden Sonntag dem Gottesdienst beiwohnte. Ilijas war überzeugt, dass der alte Herr das komplette Neue Testament auswendig kannte. Vielleicht suchte er in Gott die Antworten auf jene Fragen, welche uns alle quälen. Vielleicht hielt er sich an seinem Glauben fest, um nicht den Verstand zu verlieren. Als die kleine Dana damals an Leukämie gestorben war oder als Tommy Rolin auf dem Heimweg vom Handballspielen ermordet worden war, da hatte Mr. Taty stets weise sagen können: »Gottes Wege sind unergründlich für uns. Wir besitzen weder geistig noch in irgendeiner anderen Form die Kraft und Weisheit, um sein Handeln zu begreifen. Aber er hat seine Gründe. Seid gewiss: Im Himmel sind wir alle gleich.«

Die Messe war beendet, und wie jeden Sonntag gingen ihre Besucher nun heim, um etwas zu sich zu nehmen. Ilijas entledigte sich seines Gewandes. Dann zog er sich um und wollte schnurstracks in seine Wohnung zurückkehren. Kurz bevor die Tür hinter ihm ins Schloss fallen konnte, fasste ihn eine wohlbekannte Hand am Arm und zog ihn in die Sakristei zurück.

»Was ist los mit dir, Junge?«

Sein Vater war sehr klein, und als er sich auf einem alten Stuhl niederließ, musste er zu seinem Sohn aufblicken. Ilijas setzte sich jedoch nicht, er blieb stehen und wich dem festen Blick seines Vaters aus.

»Seit zwei Wochen erscheinst du permanent nicht zum Gottesdienst und bürdest dem alten Sean deine Pflichten auf. Damit nicht genug, ich erreiche dich seit einem Monat nicht mehr. In der Stadt munkelt man, du seiest verrückt geworden, und ich … Ilijas, ich bin doch dein Vater. Du kannst doch …«

Ilijas ballte die Hand zur Faust und lächelte bitter: »Spar dir das, Vater.«

»Aber wenn du unzufrieden bist, Junge, dann …«

Ilijas hatte sich abgewandt und beobachtete die gleißenden Sonnenstrahlen, sah ihnen zu, wie sie die Blumen am Wegesrand versengten. Ein Hund lag an der Straße und gluckste in seiner Wonne vor sich hin.

»Es geht mir gut. Ich bin nur ein bisschen überspannt. Das ist alles, Vater.« Ilijas strich sich eine schwarze Haarsträhne aus dem Gesicht und öffnete die Tür.

»Mein Sohn, ich …« Herr Livchenko senior stockte. Ilijas drehte sich ein letztes Mal zu seinem Vater um und versank in seinem irritierten Blick, als dieser seine schwarze Kleidung registrierte. Er hatte schon den Mund geöffnet, um etwas zu sagen, doch er schloss ihn sogleich wieder. Sein Mund glich nun dem eines Fisches – verkniffen und unfähig, seinem Entsetzen irgendwie Ausdruck zu verleihen.

Ilijas ging mit schnellen Schritten den Gang hinab zum Auto. Von fern hörte er seinen Vater rufen: »Gott sei mit dir, Junge.« Und er spürte, wie der Klang der fernen Stimme sich in den Kirchengemäuern verfing, bis er in ihnen erstarb. Als er den Motor anließ und das Lenkrad ergriff, warf Ilijas einen entsetzen Blick auf seinen verstümmelten Arm. Er war taub geworden.

12. SubsTANZ

Der Hinterhof der Fabrik im Westen der Stadt war kaum gefüllt, als Daniel mit Seraphine und Joel um die Ecke der Straße bog. Daniel war lange nicht ausgegangen. Eigentlich hatte er dem hibbeligen Nachtleben der Stadt schon vor Monaten den Krieg erklärt. Aber sein teenagerhafter Versuch, ein Exempel zu statuieren und sich hinter seiner Individualitätssucht zu verschanzen, konnte nicht mehr aufrechterhalten werden. Zu groß war die innere Agonie der Einsamkeit, welche er verspürte; und so fügte er sich nun doch dem Herdentiercharakter der Menschheit. Er war betrunken, sogar sturzbetrunken, und somit hatte er eine Art Rechtfertigung dafür, dass er mit ein paar abgedrehten, dekadenten Freaks singend die Straße hinaufging.

Die kleine Disco schien unter der Menschenmenge förmlich zu zerbersten, und die nahezu quälend laute Musik unterstrich die hier zelebrierte Formauflösung geflissentlich. Der kleine Raum barg ein einziges

Chaos von ausflippenden Menschen. Daniel saß eine ganze Weile an der Bar und sah seinem Fuß zu, der im Takt der Musik mitwippte.

Seraphine war tanzen gegangen, und wenn sie dort im blauen Disco-licht so abfeierte, dann verkörperte sie das Sinnbild einer gescheiterten Existenz. Ihren Minirock hatte sie hochgezogen und man erkannte ihre wippenden Pobacken unter dem glänzenden Latex. Die Hände streckte sie in die Luft, und mit dem Rhythmus des Liedes verlor sie sich in dem haltlosen Versuch, irgendetwas festhalten zu wollen. Wie immer griff Seraphine ins Leere. Ihre Hände berührten nichts weiter als die bunte Luft der Disco. Lied für Lied, Minute um Minute stand das Mädchen dort und tanzte. Sie war vermutlich stolz auf das, was sie war: Ein weiteres verkapptes Aushängeschild der Gothic-Kultur. Nicht szenig, nicht sexy, sondern einfach nur verbraucht.

Daniel lächelte müde. Joel saß ein paar Stühle weiter und kokste, was das Zeug hielt. Sein ohnehin schon sehr ausgeprägtes Ego schien sich mit zunehmender Wirkung der Droge in Lichtgeschwindigkeit auszudehnen. Immer wenn Joel Kokain zu sich nahm, verlor er sich in einem derart penetranten Narzissmus, dass Daniel Mühe hatte, in seiner Nähe nicht verrückt zu werden. Joels Unterleib war in eine hautenge schwarze Lederhose geschlüpft. Daniel war nach wie vor fasziniert von Joels satanischem Schlangengang. Ohne Übertreibung: Joel war ein wahrer Könner. Seine Bewegungen waren derart anmutig und grazil, dass selbst Luzifer persönlich sich nicht hätte schöner bewegen können.

Als Joel eine Stunde später neben Daniel Platz nahm, war er so high, dass er sichtlich Mühe hatte, aufrecht auf dem Stuhl zu sitzen. Seine dunkle Stimme klang schleichend und merkwürdig hohl in den verqualmten Raum hinein. Und als Daniel Joel in die Augen sah, da war ihm, als säße dort vor ihm nichts als eine leere, tote Hülle. Es schien, als wäre die Seele dem Körper entwichen, und Daniel hatte keine Chance, Joel irgendwie zurückzubekommen. Da war nur dieses tellergroße Augenpaar, welches ins Nichts starrte und alles um sich herum in sich aufzusaugen schien. Als irgendein uralter Song von Clan of Xymox erklang, stand Daniel auf und tanzte – zum allerersten Mal in seinem Leben. Es war ein eigenartiges Gefühl, doch Daniel tanzte weiter, mittlerweile schon zu betrunken, um etwas wie Schamgefühl zu empfinden. Im klassischen »Four-to-the-floor-Takt« torkelte Daniel über die Tanzfläche – direkt neben Seraphines suchenden Händen. Schließlich begann er mitzusingen. Laut und grauenvoll schräg sang er, und er fühlte ein eigenartiges Glücksgefühl über sich kommen …

13. The Last Day of Summer

Conny hatte die Küche aufgeräumt, wahrscheinlich zum ersten Mal seit einem Dreivierteljahr. Um das Gröbste hatte sich Syd stets gekümmert, aber irgendwann einmal musste wohl jeder in den sauren Apfel beißen, egal wie benebelt der- oder diejenige war. Das Gehen fiel ihr seit einigen Tagen schwer. Die rauen, kleinen Hände hatten irgendwann vor drei Monaten zu zittern begonnen, und seitdem war keine Besserung mehr eingetreten. Conny jonglierte von Zeit zu Zeit ein wenig mit den versifften Tellern. Fliegen und Schimmelpilze hatten in der kleinen Einbauküche ein komfortables, neues Zuhause gefunden. Conny hatte eine Vorliebe für die tiefgrünen Ablagerungen im

Kühlschrank. Das waren ihre Babys. Syd hasste sie, und Conny war stets tief betrübt über das Unverständnis ihres Kommunengenossen, wenn es um ihre Schimmelzucht ging. So wie er Engelstrompete und goldbraunes Purple Haze im Hintergarten anbaute, die Pflänzchen mit der Hingabe einer Mutter hegte und pflegte, so liebte sie ihre Pilze im Kühlschrank, und zwar unumstößlich und ohne Einschränkung.

Als Conny den Kühlschrank öffnete und zwischen leeren Marmeladengläsern und Nutella-Dosen die radikale Vermehrung ihrer Babys feststellte, grinste sie triumphierend, strich sich ihr zotteliges Filzhaar zurecht und beschloss, den eingehenderen Hausputz bis auf Weiteres zu verschieben, um sich ihrer Lieblingsbeschäftigung zu widmen.

Als Syd wenig später mit Daniel die Wohnung betrat, schlug ihm der beißende Gestank von Connys Kotze schon im Flur entgegen, und als die beiden das kleine Wohnzimmer betraten, mischte sich ihr geiferndes Geschrei mit dem der sterbenden Frau aus irgendeinem alten Lucio-Fulci-Film. Connys knorrige Hände fuhren hoch. Bebend und unkontrollierbar durchzuckten sie die verqualmte Luft. Es schien, als würden sie ein seltsames Eigenleben besitzen.

Daniel rollte die Augen und rieb sich mit dem Zeigefinger nervös über seine wunden Lippen. Ihm war schlecht, und bei dem Anblick dieser Verrückten dort unten wurde ihm sogar kotzübel. Diese Hände, alt und verdorben und wie zum Beten erhoben. Als ob es einen Gott gäbe, der ihr verzeihen würde. Syd stand ein paar Schritte hinter seinem Freund in der weit geöffneten Tür. Ein stummer, eisiger Wind umspielte das Lächeln, welches auf seinen fahlen blauen Lippen lag. Vielleicht hätte man Syds Lächeln als eine Art Versuch deuten können, diese überaus prekäre Situation zu überspielen, aber so war es nicht. Er lächelte wirklich und ehrlich dieses milde, nahezu beschwingte Lächeln, dieses gleichgültige, ermüdete Kifferlächeln.

Daniel ballte die Hand zur Faust. Wie widerte ihn diese Welt an! Oh, wie hasste er sie! Eine Welt voller verlogener Scheinheiligkeit, eine verlorene, gottlose Welt voller Elend und Angst. Wo war er nur, der

65

Retter, der Erlöser? Diese ganze Bibelscheiße war nichts als eine riesige Illusion, geschaffen, um die Menschen bei Laune zu halten. Es war herbeifantasiert, um ihnen so etwas wie Werte, Regeln und Moral zu vermitteln. Der Gedanke des vermeintlich »Guten« wurde der Welt regelrecht verkauft, damit sie sich an etwas festhalten konnte.

»Eigentlich gar keine schlechte Sache, wenn ein Mensch bereit ist zu glauben«, dachte Daniel bei sich. Nur war er nicht bereit dazu.

Syd war zu Conny hinuntergegangen und versuchte nun vergebens, sie ein wenig zu besänftigen. Sie hatte ihre Hände in sein Jackett gekrallt und schrie mit den Filmdarstellern um die Wette. Syd kramte mit seiner freien Hand nach einem Taschentuch, um den von Magensäure durchsetzten Sabber von ihrem Mund zu wischen. Conny wehrte sich mit obszönen Beschimpfungen und einigen Fußtritten in Syds Magen. Doch der junge Mann hielt stand und versuchte, ihren Horrortrip ein wenig ins Positive umzuleiten. Seine Stimme klang beruhigend und sanft in den Raum hinein und wirkte wie eine seichte Sommerbrise mitten im Schneesturm.

Daniel hielt den Mund weit geöffnet, während er abrupt hinausstürzte und sich noch im Hausflur übergab.

Als Conny irgendwann in der Nacht zu Bett ging, saßen Daniel und Syd noch lange beisammen. In den frühen Morgenstunden gingen ihnen der Alkohol und das Gras aus, und so sah man zwei hagere Gestalten in die Dämmerung hinaustorkeln, die zittrigen Schrittes die nächste Tankstelle sowie den Dealer an der Ecke aufsuchten.

So viel Daniel und Syd an jenem Abend über sich erfahren hatten, so sehr ihre Herzen ineinander verschlungen durchs Leben streunten, so tief und ehrlich sie sich einander in die Augen blickten, während ein brauner Kerzenschein durch die schwere Luft flimmerte, so fremd waren sich ihre Seelen, als sie sich, niedergepresst von rasendem Kopfschmerz, durch die beißend kalte Morgenluft kämpften, um sich um den wohlverdienten Nachschub zu kümmern. Sie liefen daher, als ob sie einander nicht einmal kannten. Wie zwei Fremde in ihrer eigenen Straße, wo sich niemand an ihre Namen erinnern würde, wenn sie irgendwann fortgingen. Die einst so grünen Zweige an der Ecke zur Main Road waren grau geworden. Totes, dürres Laub hing nun von dem alten Eisenzaun hernieder.

Daniel blickte Syd für eine ganze Weile an. Unsicher und scheu, wie ein ängstliches Karnickel. Das einzig Vertraute bei seinem Gegenüber war dessen Atem, jener schwere, rasselnde, rhythmische Luftzug.

Daniel begann zu singen, wie er es immer tat, wenn Dinge sich plötzlich veränderten und er sich einsam fühlte.

» ... *and the last day of summer never felt so cold* ...«

Als die beiden an der Tankstelle haltmachten, überkam Daniel ein Gefühl von vollkommener Orientierungslosigkeit. Wo war die Wärme, die er noch vor einer Stunde in Syds Augen gesehen hatte? War sie mit der herrlichen Illusion der Trunkenheit gewichen? Da war so viel Kälte. Grundlose Kälte. Unerklärlich. Was war geschehen?

14. Ich will brennen

Es war ein schwarzer Tag. Der Tag der Weihung. Ilijas war früh aufgestanden, um sich auf den Untergang seines Selbst vorzubereiten. Mit leeren Augen starrte er in den Spiegel. So viel Hass. So viel Lüge. Ein seelenloses Spielzeug. Ein Schatten seiner selbst. Heute war der Tag gekommen. Oh ja, heute würde der junge Ilijas Livchenko sein ehrenvolles Amt antreten. Mit Würde und im festen Glauben an Absolution.

Schreiend zertrümmerte eine blutige Hand den Spiegel. Danach legte sich eine müde Stille in den kleinen Raum. Eine leere Schachtel Beruhigungstabletten zierte den blitzsauberen Fußboden.

»Aus Angst, zu dir zu stehen, hast du dein Leben fortgeworfen. Lieber betrügst du dich und Gott und die ganze Welt, anstatt deinem Vater in die Augen zu blicken, um ihm zu sagen, wie es in deiner Seele aussieht, damit du den ganzen stinkenden Morast deines Herzens ausschütten kannst. Du bist das Sinnbild für Feigheit, mein Freund. Niemand wird dich retten! Auf dass du in der Hölle schmorst! Jawohl! Verbrennen sollst du! BASTARD! BASTARD! Du begehst Hochverrat! HOCHVERRAT AN UNSEREM HERRN! DU BASTARD!«

Kreischende Stimmen erfüllten Ilijas' Geist, steigerten sich in seinem Kopf zu einem flammenden Inferno; und mit einem Mal konnte er sie spüren: die infernale, stinkende Macht Satans. Er konnte die Jauche riechen, fühlte, wie die Hitze seine Haut ansengte und ihm sein Augenlicht nahm. Er vernahm das Gebrüll der Höllenhunde. Gurgelnd und feucht lechzten sie nach seiner Seele. Sie riefen ihn … Beim heiligen Jesus Christus, sie riefen ihn!

»Ilijas … Bruder … bist du bereit? Die Utensilien liegen in der Sakristei und der Bischof ist gerade eingetroffen.« Ein kurzes Schweigen. Man konnte Pater Sean von draußen kichern hören, bevor er fortfuhr: »Mit Verlaub, Bruder, auch ich halte den guten Bischof für 'nen alten, geilen Spinner … aber was soll's. Für die Menschen da draußen ist Schein gleich Sein. – Was ist nun? Kommt ihr endlich?«

Betäubt von dem Geschrei und der brodelnden Hitze seiner Psychose, taumelte Ilijas zur Tür, stolperte hinaus und trottete schwer atmend hinter Pater Sean die Treppe hinunter. Er ignorierte das Blut, welches aus seinem schwarzen Hemdsärmel lief. Es war sein linker Arm. Der Krüppel. Er spürte keinen Schmerz mehr. Zu tief hatte er geschnitten – mit dem langen asiatischen Kampfmesser. Nie hatte sein geschundener Arm die Chance erhalten zu heilen. Immer wieder neue Schnitte und Stiche wurden ihm zugefügt. Ein taubes, totes Etwas war entstanden. Seine Hand war schon seit Monaten blau angelaufen. Ilijas war schreiend zusammengebrochen, als er sich den Nerv durchtrennte, welcher es ihm sonst ermöglicht hatte, die Finger zu bewegen. Doch alles ging vorbei, so auch der Schmerz. Wie ein kleines Baby war er wieder in seine Wiege zurückgesunken und selig eingeschlafen – den tauben Daumen hinter den Gaumen gepresst. Das alles war vielleicht ein halbes Jahr her. Und es ging vorbei. Nur die Seele heilte nicht – oh nein. Ganz im Gegenteil. Mit jedem Schritt, mit jedem schwarzen Atemzug aus Ilijas' müder Lunge zerbarst sie mehr. Sie ächzte und schrie, zerbrach an der Last, die sie zu tragen hatte. Tag für Tag. Sie zerschellte an einer Lüge. Ilijas hasste Gott. Mit jeder Stunde mehr.

Die schwere, feuchte Kirchenluft lichtete sich über seinem Antlitz, als Pater Sean die Tür öffnete. Faulig wabernde Weihrauchschwaden krochen in jede Ritze, nisteten in jedem grauen Mauervorsprung dieses Gebäudes. Ilijas wurde schlecht. Schrecklich schlecht sogar; und er spürte den Hass gegen Gott deutlich wie nie zuvor in seinem Leben. Sein Herz war ein schwerer, glühender Stein: Kohle, aus dem Nichts entflammt. Und als der Bischof ihn weihte, da zerfiel die brennende Kohle in seinem Inneren in tausend Stücke, kroch seinen Hals hinauf, bannte seine verlogene Zunge. Und alles in ihm schrie: »Vater, ich hasse dich! Oh Vater, ich hasse dich!«

15. Spuren im Schnee

Es war Mittwochmorgen. Annick war vorübergehend ausgestiegen, hatte dichtgemacht. Sie konnte nicht mehr. Seit drei Tagen war sie nicht zur Arbeit erschienen. Und genauso lange lebte sie schon abgeschlossen von der Außenwelt in ihrer kleinen Wohnung, fühlte sich wie gelähmt und war völlig überfordert. Nicht etwa mit den Patienten aus der Anstalt – oh nein, sie war überfordert mit sich selbst. Ihr war, als könne sie in den entstellten Gesichtern vieler ihrer Patienten ihr eigenes erkennen, und diese Tatsache ängstigte sie.

Wenn Annick sich zurücklehnte und die Augen schloss, konnte sie hören, wie ihr Geist starb, und sie spürte den Wahnsinn. Sie fühlte, wie er sie umwob – als stummer, feuchter Hauch, welcher aus der Dunkelheit kam, als ob er aus ihr gemacht wäre.

Krankheit. Kapitulation. Überall.

Sie schreckte auf, die Augen weit aufgerissen. Wie Saphire des Entsetzens starrten sie ins Leere …

Der Atem ging schnell und flach. Die Bewegungen waren scheinbar so langsam und doch so fahrig, als ihre Hand das Fenster öffnete.

Es hatte zu schneien begonnen. Mitten im April: Wunderschöne, reine Flocken benetzten die Landschaft mit ihrem glänzenden Teppich. Sie deckten Kummer und Elend zu, sie begruben Schmerz und böse Gedanken …

Annick wünschte sich für eine Sekunde, dass es Weinachten wäre. Der süße Geruch von Lebkuchen und Zimtgebäck, getragen von einem silbernen Glockenspiel in den warm erleuchteten Straßen … Lachende Kinder, welche ihre Schlitten durch die Gassen zogen. Rote, gefrorene Näschen und einladende Glühweinstände, schick verziert mit Tannenzweigen und Holzschildern auf dem Weihnachtsmarkt. Weihnachten, das war Christi Geburt, die Zeit der Liebe und der Harmonie. Annick liebte es. Nicht etwa aus religiösen Gründen – wer tat das noch heutzutage? – Nein, sie liebte das Fest nicht einmal *an sich*, sondern eher die Erinnerungen an vergangene Weihnachtszeiten: stundenlanges Nick-Cave-Hören neben dem Tannenbaum, nächtliche spontane Pyjama-Partys mit ihrer besten Freundin Emily, Erinnerungen an ihren allerersten Vollrausch zum Jahreswechsel bei ihrer wohlhabenden Oma. Damals war sie 14 gewesen und hatte eigentlich geplant, auf irgendein Gothic-Festival zu gehen. Letzten Endes hatte sie wegen ihrer Minderjährigkeit dann doch den Wünschen ihrer Eltern nachgeben müssen und feierte im engen Familienkreis mit ihren Großeltern. Ihre Tante und deren Tochter waren auch mit dabei gewesen, frisch eingeflogen aus der Karibik, wo sie zu dieser Zeit noch lebten.

Annicks Großmama besaß einen wunderbar nostalgischen Hof, ein Erbgut der Familie mit Pferdekoppeln und einem Stall, der von riesigen verschneiten Wiesen umgeben war. Damals mag es für Außenstehende so ausgesehen haben, als wäre Annick eines der einsamsten Mädchen der Stadt. Sie hatte nur eine Freundin: Emily. Aber das, was sie mit Emily, ihren CDs und Gedichtbänden in jener Zeit erlebte, war so schön und wertvoll, dass niemand auch nur ansatzweise verstanden hatte, wie sie lebte, wenn er als Beobachter von Einsamkeit sprach. Sie existierte in ihrer eigenen kleinen Welt. Eine nahezu vollkommene Sphäre, die wie maßgeschneidert schien – nur für sie …

Behütet vom Baldachin ihrer kindlichen Naivität, flüchtete Annick sich noch tiefer in ihre kleine Fantasiewelt. Dort gab es keine Angst und keine Sorgen. Da waren nur sie und ihre Gedanken. Hier konnte sie Gott spielen und fühlte sich sicher.

Der Tag vor Neujahr war kalt und ein wenig diesig gewesen. Annick konnte den typischen Schwefelgeruch noch immer wahrnehmen, wenn sie die Augen schloss, jenen heimeligen, mystischen Geruch, der aus dem Kamin ihres Elternhauses emporgestiegen war: Dies war ein weiterer der vielen Weihnachtsgerüche, die Annick so sehr liebte.

In ihrer Kindheit waren diese Festtage die glücklichste Zeit des Jahres gewesen. Zimtsterne und Apfelkringel hatte es gegeben. Duftlämpchen und Videonächte …

Und vor drei Jahren? Damals hatte sie noch Kontakt zu ihrem besten Freund Emilio gehabt.

Auf der Winterkirmes vor vier Jahren waren sie gemeinsam Karussell gefahren und hatten Banane mit weißer Schokoglasur gefuttert.

Emilio war ein kleiner, unscheinbarer Mann von 23 Jahren. Mit grünen, etwas hervorstehenden Augen, einem teddybärartigen, gedrungenen Gesicht und vollen Lippen. Er arbeitete in einer Computerfirma und lebte in einer kleinen Wohnung in einem Vorort Londons …

So viel Schönes hatten sie gemeinsam erlebt. Wie viele Abende waren sie bei Minusgraden in einer winzigen heruntergekommenen Spielplatzhütte eingekehrt, um sich vor der beißenden Kälte zu schützen, hatten zusammen Whiskey-Cola getrunken und stundenlang geredet.

Annick dachte auch an die Familienessen, das Eislauftraining und die gefrorenen Wälder, die jeden Schritt umspielten. Mondrunde Augen blickten in die Schneeflocken. Und »Endraum« klang aus der Anlage.

Damals … zu Weihnachten: so warm, so sicher, so geborgen. So voller Hoffnung auf eine Zukunft und voller Lebenshunger.

Heute, jetzt, im April, wollte Annick keine Zukunft mehr. Sie wünschte sich die Vergangenheit. Sie lebte in Erinnerungen an glückliche Zeiten, in unvergessenen Bildern vergangener Winter.

Weihnachten …

Und Annick weinte in den Aprilabend hinein. Die Sonne war untergegangen und es schneite noch immer. Doch es war nicht derselbe Schnee. »*Wahre Liebe hält ewig* …« Die mageren Finger verkrampften sich, und die Tränen begannen zu fließen. Annick hatte Angst vor dem nächsten Winter, Angst vor dem glänzenden Weihnachtsbaum, vor Lebkuchen und Zimtgebäck, welches sie nicht essen würde. Die Hoffnung wich der Verzweiflung. Würde Weihnachten je wieder so werden, wie es einmal gewesen war?

Annick fühlte sich nicht erwachsen. Sie fühlte sich alt und leer. Wie gerne würde sie wieder Kind sein!

Beim Blick zum Fenster hinaus schien es ihr, als würde der Schnee lügen. Er war hässlich. Und Annick empfand nichts. Keine Erinnerung. Kein Glück. Nur Sehnsucht.

Und ihre Schreie hallten hinaus in die Leere, verschlungen von fahlen Schneeflocken. Mitten im April.

16. Windmensch

Eins mal eins macht vier. Eins mal eins macht vier. Vier! VIER!«

Das kleine Zimmer war abgedunkelt von Daniels neuen schwarzen Vorhängen und die Fenster waren verriegelt – kein Kontakt mehr zu seinem Lieblingsvogel. Seit Tagen war die Krähe nicht an Daniels Fenster gekommen, um zu fressen. Sogar des Nachts hatte Daniel die Fenster geöffnet und gewartet – in der vergeblichen Hoffnung, noch einmal über das schwarze Gefieder streichen und ein wenig Leben in sich aufnehmen zu können. Nach einer Woche hatte er aufgegeben.

Die schimmernden Fragmente des zerbrochenen Spiegels lagen wie eine drohende Metapher im Raum verteilt und reflektierten auf groteske Weise die Zersplitterung von Daniels Selbst: Er hockte vor seinem Sofa, den Blick interessiert und frontal auf die Bruchstücke zu seinen Füßen gerichtet: »Eins mal eins macht vier.« Ein bisschen amüsiert musste er lächeln. Seine Regeln. Seine Kunst. Er allein. Mit seinem Plan. »Vier.«

Daniel war lediglich mit schlichten weißen Boxershorts bekleidet. Er fröstelte. Abrupt stand er schließlich auf und lief in den Scherben auf und ab. Die Augen hielt er geschlossen und rechnete. Angestrengt biss er sich auf die Lippen. »Eins mal eins … vier … vier … VIER!«

Das Telefon war abgeschaltet. Daniel konnte die vielen Anrufe seines Chefs, den er seit Tagen nicht gesehen hatte, nicht entgegennehmen. Es war vorbei. Er hatte sich völlig in sich selbst verlaufen und war nun gefangen in einem Labyrinth, das sich dem Äußeren komplett entzog, eingeschlossen in eine verschachtelte Welt – ohne Regeln, ohne Grenzen und ohne Ausgang. »Eins mal eins macht vier. Vier.« Der strenge Schritt verlangsamte sich zu einem unbeholfenen Humpeln, bis Daniel schließlich vor dem kleinen Zimmerfenster abrupt zum Stehen kam. Wohlbekannte schimmernde Augen, wie aus glänzender Kohle geschaffen, blickten durch die Vorhänge zu ihm herein: Sein kleiner Freund war wieder da. Daniel öffnete behutsam das Fenster und streckte seine Hand hinaus. Der Vogel rührte sich nicht, sondern blickte sein Gegenüber nur musternd an. Der kleine Kopf zuckte gelegentlich ein wenig. Daniel schauderte. Nach einer Weile begann das Tier in seiner ausgestreckten Hand herumzupicken. »Hast Hunger, he? Immer nur fressen in deinem kleinen Krähenhirn, wa?« Daniel grinste, ließ das Fenster geöffnet und ging zur Schublade, um Futter zu holen. Zwei Handvoll waren noch übrig – bei täglichem Besuch genug für eine Woche. Als er sich wieder dem Vogel zuwandte, saß dieser still und verloren auf Daniels Sofa und pickte in den Bezug hinein. Er musste völlig ausgehungert sein. Vielleicht hatte er seit seinem letzten Besuch nichts mehr gefressen. Daniel stand eine Weile wie angewurzelt in der Tür. Eine Hand umschloss das Vogelfutter, die andere war vor Rührung geballt. Dann schritt er ganz langsam auf das Tier zu, griff im Vorbeigehen noch nach einem Spekulatius, zerbröselte ihn und mischte ihn unter das Futter. Heute war ein besonderer Tag. Daniel lächelte und blickte das Geschöpf fest an und war erfüllt von tiefer innerlicher Verbundenheit, während es leidenschaftlich seine Hand blutig pickte. Doch der Schmerz war nicht existent. Alles, was es gab, war Liebe, als das Tier die Mischung aus Zimtspekulatius vom Aldimarkt um die Ecke, Vogelfutter aus dem Bioladen und Daniels warmem Blut in sich aufnahm. Es war Liebe in beiden. Das wusste Daniel.

Der Tag war diesig und fahl. Nur selten bahnten sich ein paar vereinzelte Sonnenstrahlen einen Weg durch die schweren Nebelwände. Daniel liebte den Nebel. Jenes frisch-feuchte Aroma, welches er mit sich brachte, wenn er des Morgens stumm und wallend über die Wiesen in die Stadt hinaufkroch. Daniel hatte oft Stunden am Fenster gesessen und den milchigen, wabernden Dunst beobachtet, hatte ihm dabei zugesehen, wie er alles umhüllte und dem Panorama schließlich eine vollkommen neue Atmosphäre und Stimmung verlieh …
  Die Realität bahnte sich nur langsam und zaghaft einen Weg zurück in Daniels Verstand; und als er seine zerpickten Handflächen betrachtete, kurz bevor er einschlief, lächelte er mild vor sich hin.

17. Borderline

Das Klopfen an Ilijas' Wohnungstür war leise und bescheiden. Samantha wollte ihn nicht wecken. Möglicherweise schlief er noch. Es war 10.30 Uhr. Das hübsche blonde Mädchen stand schweigend vor der Tür, biss sich auf die Lippen und hoffte, Ilijas wenigstens für ein paar Stunden aus seiner Wohnung herauslocken zu können. Sie würden in den nahe gelegenen Park gehen können und ein wenig Sonne tanken.

Samanthas schwarzes Röckchen bildete eine interessante Kombination mit dem roten Pullunder und der weißen Bluse darunter. Gestern war sie einkaufen gewesen. Ausnahmsweise hatte sie sich von ihrem letzten Gehalt einmal Markenklamotten gekauft. Aber war das wirklich nötig gewesen? War es wichtig, ob ihre Jacke ein Prada-Schildchen zierte und ob ihre Schuhe von Jimmi Choo oder vom Flohmarkt waren? Es war nahezu blasphemisch, welch horrende Preise die moderne Frau für Designermode zu bezahlen bereit war. Genau genommen bezahlte man nicht für die Kleidung an sich, sondern eher für eine zweifelhafte Art von Sicherheit. Man steckte die zierlichen Füße in schwindelerregend hohe Heels und zwängte den kleinen Hintern in eine extraenge 501; und schon war man nicht mehr angreifbar … Frei nach dem Motto: »Wie schön, dass wir wenigstens die Verpackung ansehnlich machen und perfektionieren können, wenn der Inhalt sowieso irreparabel beschädigt ist!« Samantha schloss die Augen, atmete tief ein und aus und versuchte sich vorzustellen, wie sie wohl auf andere Menschen wirkte: Sammy, die Radiojournalistin. Weltoffen. Lyrisch begabt und kompetent. Sammy, das Modepüppchen. Immer mit dem Trend. Das klang gut … Doch wer war sie wirklich? Was war wirklicher Individualismus noch wert? Was war Individualismus überhaupt? Genau genommen fing das »Anpassen« doch schon mit dem Erlernen der Muttersprache an …

Sammy schreckte auf, als sich die kleine Holztür mit einem Ruck öffnete. Ilijas lehnte mit müden Augen in der Tür. Samantha erschrak, als sie in sein Gesicht blickte. Er sah grauenvoll aus. Verhärmt. Ja, beinahe entstellt vor Trauer. Seine Augen waren klein und gerötet. Ilijas hatte abgenommen. Viel abgenommen. Seine Wangenknochen standen weit hervor und bildeten einen merkwürdigen Kontrast zu seinem vollen Mund, der in den Winkeln zitterte. Samantha überlegte für eine Sekunde, ob sie etwas sagen sollte, doch ihre Kehle war wie zugeschnürt. Ilijas trug einen schwarzen Rollkragenpullover zu einer gleichfarbigen Cord-Schlaghose. Die Schminke unter seinen Augen war verlaufen und kaum mehr erkennbar. »Darf ich reinkommen?« Samanthas Stimme war leise und unsicher und passte zu ihrer Person: »Ein süßes, kleines Engelsgeschöpf vom Ende des Regenbogens«, hatte ihr Ex-Freund immer gesagt. »Mondgöttin« hatte sie ein anderer Verflossener genannt. Doch Samantha fühlte sich wie gar nichts von beidem. Und während sie Ilijas' grauen, starren Augen auswich, empfand sie die gleiche Leere wie er. Mit einem scheuen Blick erhaschte sie für eine Sekunde ihre Arme. Die Narben, welche sich um ihre Pulsadern abzeichneten, waren kaum mehr zu erkennen, aber die Erinnerung reichte, um wehzutun.

Samantha folgte Ilijas in das kleine Zimmer. Der junge Mann verschwand in die Küche, um Kaffee zu kochen. Sam verweilte währenddessen noch immer unsicher auf dem Eisenbett in der Ecke des Zimmers. An den Wänden hingen Poster von Black Sabbath. Sam erschrak, als ihr Blick auf ein Buch fiel, das ein wenig unter dem Bett hervorschaute: Es war eine antik anmutende, gebundene Ausgabe der berühmten »Satanischen Bibel« von Anton Szandor LaVey. Für eine Sekunde überlegte sie, Ilijas ein paar Ohrfeigen zu geben und ihn anzuschreien, um ihn irgendwie wachzurütteln. Doch sie ließ es bleiben. Ilijas war ein Suchender, genau wie sie, und er wollte kein Priester mehr sein. Das war offensichtlich. Er wollte nicht wie sein Vater sein, und Sam konnte ihn verstehen. Auch sie wollte anders sein. Es war dieses nagende Gefühl, nicht gut genug zu sein, welches sie quälte. Es war dieser kleine »Nie-zufrieden-Mann« in ihrem Kopf, der immerzu nach mehr schrie. Und schließlich wollte sie auch mehr. Sie wollte Veränderung; und dabei wusste sie nicht einmal, wer sie eigentlich war.

Ilijas hatte eine Menge Jim-Morrison-Gedichte auf dem Bett liegen, und Sam musste sich eingestehen, dass sie Ilijas sehr ähnlich war.

Er kam aus der Küche zurück und stellte den Kaffee auf den Tisch. »Nett, dass du mal reinschaust. Ich bekomm die Krätze hier, so alleine.« Seine Stimme klang stumpf und tonlos. Samantha hielt kurz inne, bevor sie etwas sagte, um die eingetretene Stille zu füllen: »Warum schließt du dich hier ein, Ili? Was ist los mit dir, verdammt?« – Sie konnte nicht anders. Sie würde nun alles rauslassen, was ihr auf dcr Seele brannte: »Seit Monaten hört keiner deiner Freunde mehr etwas von dir. Dein Vater ist vollkommen verzweifelt, und du, du hockst hier in deinen vier Wänden und fängst als frisch geweihter Priester an, mit irgendwelchen degenerierten Freaks abzuhängen, um gemeinsam mit ihnen den Teufel anzubeten! Ich muss sagen, ich versteh dich nicht, man.« Sam holte tief Luft und öffnete den Mund, um weiterzusprechen, schloss ihn aber gleich wieder, denn Ilijas war vor ihr auf die Knie gefallen. Er hockte vor ihr auf dem marmorfarbenen Teppichboden und weinte. Kein auffälliges Weinen. Es waren Tränen, welche sich stumm und heimlich ihren Weg über seine Wangen bahnten.

Sam strich ihm mit der Hand über sein Haar, kniete sich zu ihm und tätschelte sein Gesicht.

»Ich bin kein Priester. Scheiße noch mal … Der Alte soll mir endlich mein Leben zurückgeben.«

»Dein Leben?« Sam begann wieder wütend zu werden. »Was ist denn dein Leben? Du weißt doch gar nicht, wer oder was du bist. Und jetzt suchst du dir irgendeine Hülle, welche dir gerade passt, und willst mir erzählen, dein Vater hätte dir dein Leben weggenommen, weil er wollte, dass du predigst? Dein Leben, das nimmst du dir selbst, wenn du so weitermachst. Meinst du im Ernst, dass du dich findest, indem du von Gott zu Satan überwechselst?«

Ilijas sah Sam fassungslos an. Sein Gesichtsausdruck zeichnete eine merkwürdige Mischung aus Verletzlichkeit, Angst und Hass. Er streckte etwas verloren die Hand aus, so als wolle er irgendetwas erhaschen … im luftleeren Raum. Dann taumelte er unsicher ein paar Schritte zurück und ließ sich etwas unbeholfen auf den kleinen Sessel zu seiner Linken fallen. Sam stand mitten im Raum und lächelte. Hatte sie ihn nun endlich erreicht?

»Raus!« Ilijas' Stimme war leise und zitterte. Sam kam nicht mehr dazu, ihren Gedanken weiterhin Luft zu machen. »RAUS!!« Jetzt hatte er zu schreien begonnen. »Klugscheißen kannst du auch woanders! Du Fotze!« Sam fuhr erschrocken zusammen. Ilijas' Lippen bebten, und sein sonst so symmetrisches, gleichgültiges Gesicht war entstellt. Wie auf einem vermalten Bild. Wahrscheinlich ist es immer die Angst vor Erkenntnis, welche uns Menschen entstellt. Sam begann zu heulen, wie sie es immer tat, wenn sie absolute Ratlosigkeit verspürte: »Dann fahr zur Hölle, wenn du nicht leben willst, Ili.«

Die Tür fiel laut und schwer ins Schloss. Ihr Echo hing kalt in der trockenen Zimmerluft und umgarnte Ilijas' unterdrücktes Schluchzen, wie ein Akkord bei einer Melodie.

Er würde Joel anrufen. Am besten gleich.

»Es gibt nur einen Ort auf dieser Welt, an welchem sich tausend Menschen versammeln, die keine Probleme haben, und das ist der Friedhof …«, dachte er bei sich und grinste, bevor er zum Telefon schritt.

Zeitgleich lief die gute, kleine Sam … die liebe, behutsame Freundin von damals … das kleine Mädchen aus der Nachbarschaft weinend die Straße hinauf, suchend nach irgendjemandem, nach irgendeinem verständnisvollen Wesen, dem sie mitteilen konnte, dass wieder ein Mensch inmitten der Fülle dieser Erde gestorben war.

Doch wie so oft war sie allein. Allein inmitten einer Welt voller Menschen, die redeten, ohne etwas zu sagen. Menschen, welche hörten, ohne zuzuhören. Sie war allein. Immer allein.

Aber waren wir das nicht alle?

Der Tag wurde alt und begann sich langsam zu verabschieden, als Sam ihre Wohnung erreichte. Und am liebsten hätte sie ihre vier Wände nie mehr verlassen.

18. Pforte der Entfremdung

Es war spät in der Nacht, als Syd unruhig an Daniels Wohnungstür klingelte. Vor einigen Stunden hatte es begonnen, dieses Gefühl der Unruhe. Diese subtile Besorgnis mischte sich mit einem nicht greifbaren, nervösen Instinkt, welcher sich mit jeder Minute verstärkte, die Syd vor der Tür verweilte. Es war nach Mitternacht. Oben herrschte Stille, beängstigend und erdrückend.

Noch vor zwei Tagen hatten sich die beiden für den gestrigen Abend verabredet, doch Daniel war nicht erschienen.

Syd scharrte mit den Füßen herum, wie er es immer tat, wenn er unruhig war. Daniel und er kannten sich seit einer halben Ewigkeit – sofern man diesen Begriff zu definieren wusste – und es war ein schwieriges Unterfangen gewesen, den ständigen Kontakt zueinander aufrechtzuerhalten. Syd wusste, dass es Daniel von Zeit zu Zeit sehr schwerfiel, sich mit der Realität zu konfrontieren. Seine Angst vor dem Leben war stärker als jene vor dem Tod; und er flüchtete sich gern in groteske Fantasiewelten. Diese »Ausflüge« in andere Sphären waren allerdings bisher niemals dermaßen eskaliert, dass Daniel mental komplett aus der Realität ausgestiegen war. Syd kannte Daniel als einen sehr empathischen und sensiblen Menschen, und seine Fähigkeit, über den Tellerrand des Alltäglichen hinauszublicken, war Fluch und Segen zugleich.

Syd atmete tief durch. Sein Blick blinzelte erregt hinauf zu Daniels Fenster. Stille. Kein Mucks. Eine gewaltige Welle eiskalter Erkenntnis riss Syd mit sich ins Bodenlose, und aus der nagenden Unruhe wurde Panik. Syd begann gegen die Tür zu treten, und seine zarten Rufe steigerten sich zu einem durchdringenden Schreien.

Als die Untermieterin im Morgenrock schließlich öffnete, wäre Syd ihr beinahe in die Arme getaumelt. Für eine Weile starrten sie sich an: Syd mit keuchendem Atem und vor Erregung weit aufgerissenem Blick, Martha mit bebenden Lippen und beiden Händen in den rosa Taschen ihres Morgenmantels.

»Ich muss vorbei!« Syds Stimme zitterte.

Martha begann zu grinsen: »Du kleine Drogensau trittst hier um halb eins beinahe die Tür ein und reißt mich aus dem Schlaf. Ich muss morgen früh um acht bei der Arbeit sein, und du erwartest tatsächlich, dass ich dich jetzt einfach hier vorbeilasse?!«

Syd nickte stumm und blickte ein wenig hilflos zu Martha auf. Sie war größer als er – sogar mindestens einen Kopf – und diese Tatsache stellte nicht gerade eine Bereicherung für Syds Selbstvertrauen dar. »Tatsächlich? Na, vorher werde ich deine Zahnbürste aber erst mal in den Angelurlaub schicken, Jüngelchen!« Martha grinste noch immer und ihre Rechte schnellte wie aus dem Nichts hinab in Syds Gesicht. Er fiel zu Boden. Martha war ziemlich treffsicher für eine übergewichtige Mittfünfzigerin.

Ein rasender Schmerz durchzuckte seinen Schädel und alles wurde undeutlich und grau. Dann sah er gar nichts mehr, und als er einige Minuten später langsam wieder zu sich fand, war Martha verschwunden. Durch die halb geöffnete Haustür wehte ein scharfer Herbstwind. Als der Schmerz langsam aus seinem Unterkiefer zu weichen begann, wischte sich Syd rasch das Blut von den spröden Lippen, sammelte einen Zahn zu seiner Linken auf und stolperte die Treppe hinauf zu Daniels Wohnung. Er durfte keine Zeit verlieren.

Die Tür stand einen kleinen Spalt weit offen und Syd lugte zuerst vorsichtig hindurch, als ob ihn die Angst vor dem, was er dort drinnen zu sehen bekäme, zurückhalten würde.

Sein Atem rasselte wieder, mechanisch und dumpf. Klebriger Bronchialschleim vermischte sich mit dem metallenen Geschmack des Blutes in seiner Kehle. Syd öffnete die Tür weiter. Er zitterte und betrat die Wohnung sehr zögerlich. Zunächst schien alles beim Alten zu sein: Die Bong stand wie immer in der Küche auf dem Tisch und daneben lagen neben frischem Obst einige Tütensuppen. Im Wohnzimmer waren eine Menge umgekippter Fusel-Flaschen zu sehen, und Kippen zierten den Johnny-Walker-Aschenbecher auf dem Fußboden. Omas Lampe neben dem Telefon war wie immer eingeschaltet, und das Fenster zur Straße hin stand offen. Syds Blick richtete sich langsam auf die Schlafzimmertür und blieb auf ihr ruhen.

»Daniel?« Seine Stimme klang zaghaft. Er schritt auf die angelehnte Tür zu, verharrte vor ihr und starrte sie an, als ob sich ein grausames Geheimnis hinter ihr versteckte. »Daniel?« Sein fragender Ton wurde etwas lauter.

Er gab sich einen Ruck und betrat das Schlafzimmer. »Da …« Syd brach abrupt ab. Lange stand er auf der Türschwelle und war zum ersten Mal für Minuten unfähig, irgendwie zu reagieren. Der Anblick, welcher sich ihm bot, schnürte ihm die Kehle zu. Er stand einfach nur da, weinte und starrte seinen Freund an. Daniel lag, mit nichts als seinen weißen Boxershorts bekleidet, auf dem Teppichboden. Die Augen waren weit aufgerissen und seine die Hände voller Blut – zerlöchert von dem zierlichen schwarzen Tierchen, welches vom Balkon her zu den beiden herübersah.

»Drei mal drei macht vier. VIER. VIER!« Daniels Flüstern klang wie Ton gewordener Wahnsinn, und er schien verzweifelt zu versuchen, irgendeinen Sinn zu finden. Einen Sinn in dem, was gerade passierte, und in allem, was geschehen war. Einen Sinn im Sinn an sich. Aus seinen starren Augen liefen Tränen. Still und leise fielen sie nieder und verstarben, aufgesogen von dem matten, schmutzigen Blau des Teppichbodens. Urplötzlich schnellte Daniels Körper in die Höhe; und er begann zu wippen. Auf und nieder. Im Rhythmus seiner vollständigen Selbstauflösung. Syd kniete nun neben ihm und versuchte, Daniels Kopf in seine Hände zu legen, um ihn zu wiegen. Er strich über Daniels bleiche Wangen und versuchte, ihn zum Schweigen zu bringen. – Ohne Erfolg.

»Drei mal drei macht VIER. Ich bin ein Alien. Ein Mathegenie. Drei mal DREI macht VIER. VIER. VIER. Ein Zahlenass aus anderen Welten … VIER. VIER. VIER.«

Es war zum Verzweifeln. Syd hatte es geahnt. Irgendwann hatte es so weit kommen müssen. Und nun würde es wohl eskalieren.

»Willst zurück in Mommys Bauch, hä?« Syds Frage zerschnitt Daniels wirres Gekeuche wie eine Rasierklinge, und ihm wurde klar, dass für Daniel hier Endstation war.

19. Identität des Anormalen

Es war früher Morgen. Die Dämmerung waberte langsam und schleppend durch die Täler Englands, und Annick wäre hinter dem kahlen, weißen Schalter fast eingeschlafen, wenn da nicht dieser Notfall gewesen wäre. Zwangseinlieferung. Schreie. Hetzende Schwestern. – Schon wieder.

Während der letzten Tage war in der Klinik die Hölle los gewesen, und Annick hatte sich beizeiten gefragt, ob ihre Nerven das noch lange mitmachen würden.

Ihr Schritt war unsicher und die Bewegungen fahrig, als sie aufstand, um sich auf den Weg in die geschlossene Abteilung zu machen, aus welcher das Rumoren drang. Schwester Eugene hatte sie angepiepst, und Annick wusste, dass es sich um einen Akutfall handeln musste – wie immer, wenn Eugene den Pieper betätigte. Die große Glastür öffnete sich automatisch, und als Annick den Vorraum zur Abteilung betrat, da sah sie einen kleinen, psychedelisch gekleideten jungen Herrn auf einem der grünen Stühle hocken. Sie kniete neben ihm nieder, um zuerst einmal ein wenig über das Geschehene zu erfahren. Der gelockte Jüngling reagierte zunächst kaum. Stattdessen starrte er mit müdem Blick ins Leere und kaute nervös an seinen Fingernägeln herum. Als Annick den Jungen zu ihren Füßen erkannte, erschauerte sie, versteckte ihre Irritation jedoch geschickt, wie sie es gelernt hatte, und sprach wieder einmal in ihrer gekünstelt beruhigenden Tonlage: »Bist du ein Angehöriger des Patienten?« Syd nickte erst abwesend und schüttelte im nächsten Moment energisch seinen Kopf. Annick sah ihn weiterhin fest an.

»Nein, nein. Ich bin sein Freund. Sein bester …« Er stockte und begann zu weinen. Annick legte ihre Hand behutsam auf seine Schulter. Die Schreie von drinnen waren leiser geworden und Annick wusste, dass der Arzt Beruhigungsmittel gespritzt hatte, um eine Fixierung zu vermeiden.

»Möchtest du vielleicht einen Kaffee?«, fragte Annick.

Syd blickte auf. Er sah seine Freundin hilfesuchend an. »Nein danke. – Sag mal, könnt ihr Daniel hier helfen in eurer komischen Einrichtung? Ich meine … ich wünsche mir nur, dass er lernt, ein bisschen zu leben im scheiß Alltagsleben. Nur ein bisschen, verstehst du?«

Syds Blick schien tausend Fragezeichen in den Gang hinauszuwehen, und in seinen Augen lag etwas, das Annick ein verdammt schlechtes Gewissen machte. Es gab keine Garantie. Keine Garantie dafür, leben lernen zu können.

»Ich werde mir deinen Freund mal anschauen. Und danach wird sich der Chefarzt mit dem aktuellen Krankheitsbefund vertraut machen. Wir werden gemeinsam sehen, was wir für deinen Kumpel tun können.«

Syd starrte wieder ins Leere. »Er ist nicht krank. Er hat nur Probleme, seinen Intellekt zu reduzieren. Verstehst du? Er ist nicht krank! Verdammte Scheiße … wer entscheidet denn, was krank und was gesund ist?! Diese Fachidioten im weißen Kittel? Diese rückgratlosen Theoretiker hier?«

Annick nickte geistesabwesend und erhob sich, um den Chefarzt zu rufen. »Was für ein Tag«, dachte sie müde, während sie den Gang wieder hinauflief. »Was für ein Tag …«

90

20. Die Reinheit des Hasses

*H*ope? *Was ist mit dir? Hey! Du weinst ja! Hey, hörst du mich? Wach doch auf! Träumst du? Wach auf! Hope …«*

Ich schalte das Licht an.

»Hope? Hörst du mich nicht? Ich bin es. Mein Gott, Hope! Das ist Blut! Du weinst Blut!«

Ilijas erhob sich nur langsam. Die Zeilen vor ihm auf dem Tisch verschwammen, und das Blut an seinem Finger tropfte unaufhörlich auf das teure Papier, auf welchem es sich mit jenen Zeilen verewigt hatte. Ganz langsam ergriff der junge Mann Umschlag und Siegel und versah den Brief mit Joels Adresse. Joel würde stolz sein. Und er würde Ilijas belohnen. Ganz bestimmt würde er das, wenn er erfahren würde, dass Ilijas so hart an sich arbeitete und ein so gelehriger Schüler war.

Er fühlte sich auf eine merkwürdige Art und Weise benommen, als er durch vernebelte Seitengassen schlich, um den Brief einzuwerfen. Irgendetwas passierte mit ihm. Er brauchte keine Beruhigungstabletten mehr, seitdem er zu den wöchentlichen Treffen der Loge ging. Er schlief ruhig und weich wie ein Baby. Von Joel schien eine unheimliche Macht auszugehen, die Ilijas einen Adrenalinstoß verpasste, der sich gewaschen hatte. Eine Macht, zu welcher er Zugang haben wollte. Er wollte Teil von etwas Exklusivem sein und seinem Hass eine Stimme verleihen. Während der Treffen der schwarzmagischen Loge hatte Ilijas das Gefühl, sich von innen betrachten zu können und endlich anzukommen, in sich selbst und in diesem Leben …

Es war später Abend, als Joel mit schweren Schritten zum Telefon spazierte und mit einer galanten Handbewegung nach dem Hörer griff. Aus der Seitentasche seines schwarzen Designerjacketts zog er ein in Gold gebundenes Notizbuch. Darin hatte er seine kleinen Mitläufer fein säuberlich aufgelistet und schickte sie systematisch ein Stück mehr in ihr Verderben, so wie er es an jedem vierten Tag Monats tat, vorzugsweise dann, wenn der Vollmond groß und rund am Himmel stand.

Seraphine saß summend auf dem Boden, spielte mit den schwarzen Flusen des Flokatiteppichs und ließ einen flüchtigen Blick zum Fenster hinausgleiten. Die Nacht war schwarz, finster und leer; und alles, was dieses aufsteigende Bild der ewigen Verdammnis erhellte, war der kühle Mondschimmer, der wie ein kühner Reiter über die Dächer der Stadt ritt, um den Untergang zu verkünden.

Joels Stimme war verhalten. Er flüsterte beinahe, als er Ilijas anrief, um ihn zum allerersten Mal einzuladen und einzuweihen. Er wollte ihn teilhaben lassen an der wahren Erlösung, der vollen Entfaltung seiner innersten Abgründe, um ihn zu lehren, wie man Hass lieben kann.

Ilijas hatte sich bewährt, und nun würde ihm Ehre zuteil werden in dieser Nacht, in welcher der Mond am höchsten stand.

Seraphine atmete flach und nervös. Ekel lag auf ihrer Zunge und umspielte ihren Gaumen, betörte ihn – bleiern und bitter. Sie wollte ficken. Sie wollte ihn haben, seinen Hass spüren, seine Gier. Zitternd stand sie auf, um sich vorzubereiten – auf die letzte Vereinigung.

Die grauen Kacheln des Badezimmers waren alt und vergilbt; sie unterschieden sich gehörig vom Rest der Wohnung, die mit Designermöbeln, Glastischen und uralten Gemälden von längst verstorbenen Menschen ausgestattet war. Joel hatte stets großen Wert auf Etikette und Stil gelegt; allerdings hatte das Geld für das Badezimmer nicht mehr ausgereicht, und so waren diese vier Wände zu einem geheimnisvollen Verlies verkommen, in welchem Joel seine wahre Natur auslebte: Es war wie ein Tierkäfig, in dem die Bestie Nacht für Nacht ihre Reißzähne bleckte … Gierig nach Fleisch. Lechzend nach Haut. Die Augen starr und tot. Die Seele hungernd nach Schmerz.

Seraphine hatte immer einen merkwürdigen Bezug zu diesem Zimmer gehabt. Es war ähnlich wie in »Shining« – der verbotene Raum, der ihr immer dann dieses kindlich erregte Herzklopfen verschaffte, wenn die Nacht anbrach und sie Joels Seele knurren hörte. Immer dann, wenn das Tier in ihm erwachte.

Mit müden Augen blickte sie eine Weile in den Spiegel. Kokainreste mattierten die Sicht, verschleierten das Diesseits.

»Normal ist relativ. Grenzen sind etwas Künstliches, Auferlegtes, um das Chaos zu meiden. Jenes ist die wahre, echte Natur. Das Sein an sich. Denn das wirklich Existente hinter der Fassade ist das Chaos. Es liegt in jedem von uns. Das gilt es zu lernen, um das Chaos an sich als Ordnung

zu begreifen. Als Wahrheit. Als Realität. Alles andere ist Flucht, ist Ver-
tuschung. Ist Verleugnung unserer selbst.«

Seraphine öffnete ihre Zöpfe und ließ ihr langes Haar auf ihren nackten Körper niedergleiten. Sie ließ es ihre Brüste umspielen. So stand sie da. Die Jungfrau. Die Reinheit. So unschuldig und doch so böse.

Seraphine griff in eine kleine Schublade, um ein langes Latexkleid hervorzuholen. Es stand ihr gut, und Joel liebte es. Seraphine hielt es für angemessen in dieser Nacht. Nachdem sie sich geschminkt hatte, drehte sie sich eine Weile vor dem Spiegel hin und her. Wie eine kleine schwarze Prinzessin stand sie dort zwischen blutbeschmierten Kacheln, einer von Kakerlaken besetzten Badewanne und einem kleinen Dixie-ähnlichen Klo, verloren in einer Mischung aus künstlicher Liebe und Selbsthass. Verloren in ihrer eigenen Selbstverlorenheit.

Sie leckte sich die Lippen. Immer und immer wieder. Sie verschmierte das leuchtende Rot ihres Lippenstiftes, während sie immer intensiver auf Joels Ruf wartete, lechzend nach seiner Nähe. Und als sie ihren Kopf voller Lust in den kleinen Kokainspiegel krachen ließ, da schrie alles in ihr: »Nimm mich! Du kannst mich haben! Schenk mir deinen Hass!«

21. Im Tunnel

Es war spät in der Nacht, als Syd die Wohnungstür aufschloss. Sein Schritt war müde und schwer, und seine Augen blickten leer vor sich hin. Irgendetwas war aus ihm herausgetreten, als er Daniel heute in der Klinik zurückgelassen hatte. Irgendetwas fehlte ihm, das niemand je wieder zurückbringen konnte. Vielleicht war es die Illusion, dass alles gut würde, das Trugbild, an das wir uns alle klammern. Aber es gab nun mal keine Garantie. Und bei Daniel war es schiefgelaufen. Es war vorhersehbar gewesen – sicherlich, jedoch hatte sich Syd immer wieder gerne vom rosafarbenen Schein der Hoffnung blenden lassen. Er war sehr gut darin, sich selbst zu betrügen, doch jetzt konnte er nicht mehr wegschauen. Die Realität war so bitter, dass selbst der süßliche Nebel, welcher von seinem Joint emporstieg, sie nicht mehr vollständig verschleiern konnte. Jetzt saß sein bester Freund dort in der Klapse – still vor sich hin sterbend. Er hatte seine Identität an den Pforten der Anstalt abgeben müssen, weil er zu kompliziert war, zu komplex für dieses Leben. Daniels Einweisung hatte Syd seiner Selbstsicherheit beraubt, und er haderte mit seiner eigenen Ordnung. Er war wachgerüttelt worden, und all das, was er ein Leben lang für selbstverständlich gehalten hatte, entzog sich nun seinem Zugriff. Er verlor seinen Halt, weil er die Wahrheit noch nie hatte ertragen können. Syd begann zu zweifeln: An den Regeln der Welt, an seinen eigenen, und am Leben an sich. Müde ließ er sich auf den Parkettboden fallen und schaltete die Musikanlage an. Ian Curtis' tiefe, verlorene Stimme erfüllte den Raum, ließ Syd fortschweben und schließlich einschlafen.

»This is a crisis I knew had to come / Destroying the balance I'd kept / Doubting, unsettling and turning around / Wondering what will come next …« Syd liebte Joy Division, seitdem er die »Closer«-LP zum allerersten Mal bei Daniel gehört hatte. Es war einer ihrer gemeinsamen Abende gewesen, ein typisches »Syd-und-Daniel-Setting« mit viel Hasch, einer Flasche Johnny Walker, dem Pizza-Service und einigen dicken »Schinken« von Nietzsche … Omas Lampe hatte nostalgisch schimmernd vor sich hin gebrannt, auf dem Fußboden waren Decken ausgelegt gewesen, während Daniels Lieblingsvogel friedlich in ein paar Sonnenblumenkernen herumgepickt hatte.

Daniel war begeistert von Ian Curtis und seiner Musik. Er war ein waschechter Joy-Division-Fan: Mit akribischer Genauigkeit und der Ausdauer eines Marathonläufers sammelte er jeden Ton, den die Jungs aus Manchester damals aufgenommen hatten. Er war bereit, unglaubliche Summen für seltene Bootlegs und sonstige Mitschnitte zu bezahlen, und verehrte die Band mit der fanatischen Hingabe eines

Teenagers. Jenes Konzept von produktiver Selbstzerstörung hatte ihn aufs Intensivste fasziniert: Depression und Haltlosigkeit als Halt zu sehen, als Inspiration. Als Nahrung für den hungernden Geist. Daniel konnte nie genug bekommen. Sein Gehirn war ein nimmersattes Etwas, welches – einem Schwamm gleich – alles in sich aufsog, was anders war.

Lange hatten sie an jenem Abend Platten gehört, waren versunken in dieser Ton gewordenen Welt aus Verneinung, Kälte und lyrischer Problembewältigung. Syd gefiel die Musik damals nicht auf Anhieb, jedoch fand er sich irgendwann in ihrer Abstraktheit ein. Jener Abend hatte Syd angefixt. Nach und nach besorgte er sich später eine Joy-Division-LP nach der anderen, und immer wenn er einsam war, versank er in dieser Stimme, die sich langsam aus dem Leben verabschiedete. Er tauchte dann in Klangweiten ein, welche einem Tunnel glichen, einem Tunnel, der immer dunkler und dunkler wurde …

»Is this the role that you wanted to live? / Forgive and forget's what they teach / Or pass through the deserts and wastelands once more / And watch as they drop by the beach.«

Im Nebenzimmer hörte Syd Conny leise vor sich hin schnarchen. Er mochte den stimmungsaufhellenden Effekt, den ihre teddyartigen Schlafgeräusche mit sich brachten. Wer Conny beim Schnarchen zuhörte, der brauchte kein Prozac mehr …

Ein paar Sterne lugten zum offenen Fenster hinein. Doch sie schienen es nicht zu wagen, das Innere mit ihrem Strahlen zu erfüllen.

Syds Schlaf war unruhig und kurz. Weiße Klinikwände und Daniels tote Augen zersetzten sein Einschlafritual des Schäfchen-Zählens. Es war zehn vor vier, als er erwachte – noch immer auf der Suche nach einer Lösung für dieses Leben. Nach irgendetwas, das den Rest seiner identitätslosen Identität zusammenhalten konnte …

22. Schwarze Sonne

Die Prozession in jener Nacht war nicht besonders lang. Ilijas bildete das unsichere Schlusslicht einer Gruppe Schwarzgewandeter, die sich im Gleichschritt auf die Tore von Baggers Hill zu bewegte. Der Friedhof war vor einigen Monaten stillgelegt worden, und der Verfall hatte begonnen, seine Spuren zu hinterlassen. Die rostigen Tore ragten wie ein Monstrum in den Himmel und schienen drohend auf Ilijas und die anderen herniederzublicken. Hinter ihnen schlummerte das Verderben. Still und einsam rottete es vor sich hin – Nacht für Nacht. Hinter diesen Pforten lag etwas Dunkles, etwas Betörendes, etwas Subtiles. Beklemmend wie ein eisiger Windhauch, der nach süßem Honig schmeckte, fraß es sich Tag für Tag tiefer in die klaffenden Kammern seines Herzens. Es nistete sich darin ein, um sein liebliches Gift zu versprühen – um ihn auszusaugen.

So machte sich Ilijas seine stille Sehnsucht nach Liebe und seine Verzweiflung zu treuen Gefährten, welche ihm den Weg in die Verdammnis ebneten. Das Quietschen der Tore, die sich langsam öffneten, durchzuckte die Finsternis. Und Joel begann zu singen. Der Rest der Loge fiel nach den ersten Strophen mit ein, und mit jedem Schritt, welchen die Gruppe auf dem knorrigen Boden tat, verlor sich ihr Gesang mehr und mehr in einer hypnotischen, monotonen Todespredigt.

Mitternacht war vorüber, als Seraphine in die Mitte des Kreises trat. Ilijas blickte voller Sehnsucht in den schwarzen Nachthimmel, der all seine Emotionen wie ein riesiger Staubsauger aufzunehmen schien und in die Unendlichkeit forttrug. Ilijas war leer. Und es verlieh so eine grauenvoll schöne Macht, einfach nichts mehr zu spüren. Keine Angst, keinen Ekel, keine Liebe, keine Trauer. Nichts. Nur grenzenlose Macht und Energie. Künstlichkeit. Erlösung.

Joel öffnete seine Kutte. Der Wind wurde stärker, als wollte er die Eröffnungsrede rauschend davontragen – weit fort von jeglichem menschlichen Respekt. Joel entkleidete sich und zündete mit einer Fackel ein kleines Feuer an. Und als Seraphines Schreie die Mauer jenes obszönen Singsangs durchdrangen, als Joel wie ein Stier hart und steif in sie eindrang und sie wie eine kaputte, verbrauchte Puppe zu Boden warf, da huschte ein gieriges Grinsen über Ilijas' Lippen. Joel vögelte sie eine gefühlte Ewigkeit, wohlbehütet von den toten Seelen, welche unter ihnen ruhten. Es war ein Inferno. Es war Ästhetik, es glich einem Werk Gottes, ein grauenvolles Monument. Es war das Schrecklichste und zugleich das Schönste, was Ilijas je gesehen hatte: zwei Menschen vollkommen verschmolzen in ihrem Wahnsinn, eins geworden in ihrem Hass. Seraphine stöhnte und schrie, als Joel sie von hinten nahm. Ilijas' Zunge umspielte seine zuckenden Mundwinkel, und als er spürte, wie er langsam begann, die Kontrolle zu verlieren, und als sein Ejakulat den gefrorenen Erdboden besudelte, da fühlte er sich frei – zum allerersten Mal in seinem Leben. Seine Genossen starrten gebannt auf ihren Mentor, verfolgten dieses Schauspiel einer vollkommenen Formauflösung und sogen jedes Detail, jede einzelne Bewegung dieses Schauspiels in sich auf: Der Mensch wurde wieder auf das reduziert, was er eigentlich war: ein Tier, welches versuchte, sich durch Intellekt, Strukturen und Regeln zu etwas Besserem zu machen.

Als Seraphine schweißgebadet im feuchten Gras niedersank und ihr erhitzter Körper zitternd kapitulierte, während sie weinend um Gnade flehte, ließ Joel von ihr ab. Langsam erhob er sich und breitete seine Arme aus. Wie ein Märtyrer stand er dort in Jesuspose, und er begann blasphemisch zu lachen. Es schien, als ob sein Antlitz bis in den Himmel ragte. Beschämt blickte Ilijas zu Boden. Er war wie erschlagen von dieser wahnsinnigen Macht, die Joel versprühte. Das lodernde Feuer ließ die Gemeinde erstrahlen, umspielte ihre Körper mit seinen leblosen, tückischen Zungen und leckte sie rein. Es weckte sie auf und trieb sie an.

Wieder begannen die Kameraden zu singen. Erst leise und hintergründig, dann immer lauter.

Ilijas stützte sich mit einer Hand an einem umgestürzten Grabstein ab, und ihm war, als könne er den Tod hören und riechen. Er roch die Fäulnis und die Verwesung und spürte die Erde unter sich kochen.

Joel ergriff das Messer. Blitzend, lang und scharf zerschnitt es die wallende Dunkelheit. Seraphines nackter Körper ruhte sanft gebettet auf lieblichem Morgentau, der die Dämmerung mit sich getragen hatte. Es war ein wortloses Ritual, eine stumme Exekution, so wie es meistens bei satanischen Zusammenkünften der Fall war. Ilijas trat unwillkürlich einen Schritt zurück, wandte sich ab und starrte gebannt auf das Grab hinter sich. Wie eine stumme Warnung stand dort der vergilbte Stein und lenkte Ilijas' Gedanken für eine Sekunde zurück in seine tiefste Kindheit. »*REST IN PEACE*« stand in großen Druckbuchstaben auf dem grauen Stein. Tiefgrünes Moos hatte den Schriftzug schwer leserlich gemacht; die Zeit hatte das einst penibel gepflegte Grab verfallen lassen. »*Charlize Livchenko geb. Newton*«, stand darunter geschrieben, und Ilijas war entsetzt darüber, dass er vergessen hatte, wo seine Mutter begraben lag. So sehr hatte er ihren Tod verdrängt und sich gegen seine Trauer gewehrt. So sehr hatte er sie geliebt …

Und jetzt stand er hier auf dem gefrorenen Boden, matt und leer auf ihr zerfallenes Antlitz blickend.

Joel kniete zu Seraphines Füßen und stach zu. Einmal. Zweimal. Unerbittlich. Gnadenlos. Dann stand er auf und breitete erneut die Arme aus wie ein wahnsinnig gewordener Gott. Und er wandte sich seinen Brüdern zu, um sie zu einem letzten Lied zu animieren.

Wolkenfetzen benetzten den leblosen Nachthimmel und Seraphine starrte mit weit aufgerissenen Augen in die Unendlichkeit hinaus. Ihr Körper war gebettet in das Rot ihres eigenen Blutes. Schweigend bahnte es sich seinen Weg durch die Erde, sickerte hinab in die unergründlichen Tiefen des Grundes.

»Trinkt! Und lebt! Bedient euch an ihrer Reinheit, Brüder!«, schrie Joel, immer noch mit ausgebreiteten Armen. Und die Horde warf sich auf sie. Wie ein Reigen tollwütiger Hunde.

»Trinkt, bevor der Tod ihre Reinheit vergiftet!«

Ilijas blieb zurück und spürte, wie das Herz in seiner Brust zersprang. Er hörte seine Seele schreien und genoss es. Er genoss die Qualen, wie er es gelernt hatte. Und als auch er von Seraphine trank, sich an ihrem Leichnam labte und spürte, wie ihr Blut mit seiner Zunge tanzte, da war er glücklich. Glücklich darüber, wahnsinnig geworden zu sein …

Er sah nicht die Augen seines entsetzen Vaters, die zwischen den Efeusträuchern und der Hecke zu seiner Linken hindurchlugten, und er spürte nicht die Tränen, die wie eine stumme Anklage in die Erde fielen. Er war blind geworden von Seraphines Energie, und er war besessen von dem, was er begonnen hatte zu leben …

23. Der weiße Raum

Eigentlich hätte Annick an jenem Mittwoch ihren freien Tag gehabt, aber der Pieper riss sie in den frühen Morgenstunden jäh aus dem Bett. Die Sonne lugte vorsichtig hinter ein paar Wolken hervor, und als Annick von einer neuen Zwangseinlieferung las, zerschmetterte sie das kleine schwarze Gerät wütend auf dem Boden.

Sie hatte Syd seit der letzten Woche nicht mehr gesehen. Allerdings hatten ihr einige Schwestern berichtet, dass er Daniel wohl des Öfteren besucht habe. Seitdem sie ihren Kumpel dort auf dem grünen Stuhl hatte kauern sehen, wie sich sein sonst so mildes Lächeln in ein ernstes, nachdenkliches Nichts verwandelte, da war in ihr die Frage aufgekommen, ob dieser Job, welchen sie angenommen hatte, wirklich der richtige für sie war und ob der Wahnsinn, den sie hinter diesen Türen jeden Tag erlebte, vielleicht so etwas wie die Wirklichkeit war, die von Millionen von Bürgern jeden Tag vertuscht wurde. Eine Wirklichkeit wie ein Pickel am Allerwertesten der aufpolierten Moderne unserer Zivilisation. Eine Realität, die man ausdrückt und dann desinfiziert.

Müde kniete Annick auf dem Boden und sammelte selbstverloren die Überreste des Piepers auf. Ein paar einzelne Schraubenteile grinsten sie schäbig an und sie fing unwillkürlich an zu summen. Sie summte sich ihr eigenes Wiegenlied aus Halt und Haltlosigkeit. Im Radio sangen die Counting Crows »Colourblind«, und die träumerischen Pianoklänge beflügelten Annick ein wenig, sodass sie sich schließlich aufraffte, etwas zu essen, wenigstens ein bisschen, damit sie Energie für einen neuen beschissenen Notfall haben würde.

Annick warf einen sehnsüchtigen Blick auf Emilys Foto in der Küche, bevor sie ihre Jeansjacke überstreifte und zur Arbeit fuhr.

Die Luft war kühl und die Straßen verhältnismäßig leer für den morgendlichen Verkehr. Schemenhaft erkannte Annick den Nebel, welcher über die fernen Wiesen schlich.

Vielleicht würde sie Syd heute wieder antreffen und ihn dabei beobachten, wie er bleich und mit rot unterlaufenen Augen die Türen zur geschlossenen Abteilung öffnete, um seinem Freund aus alten Büchern vorzulesen. Es schien eine alte Angewohnheit der beiden zu sein, und Annick wunderte es, dass sie Daniel nie kennengelernt hatte – immerhin war er Syds engster Freund. Ihr Chef hatte den Aufenthalt in der Geschlossenen auf unbegrenzte Zeit festgesetzt und eine Menge Medikamente verschrieben, von denen Annick selbst nicht viel verstand. Nicht« gerne betrat sie den »weißen Raum«, um Daniel seine Medikamente zu verabreichen. Zu sehr hasste sie es, in seine verwirrten Augen zu blicken und der nagenden Stille zu lauschen, welche lediglich von einem gelegentlichen unverständlichen Gewisper des Patienten erfüllt wurde. – Diese Welt war verdammt wahnsinnig. Der Mensch an sich war so komplex und doch so einfach. Jahrelang hatte sie einfach gelebt, hatte als eine unter Millionen existiert, fein säuberlich eingeordnet in das große System. Und nun, da sie schließlich versuchte auszusteigen, weil sie zu denken begonnen hatte, zerfiel sie, vollkommen überfordert mit der Gabe, über den Tellerrand der Gesellschaft hinauszublicken. Und seitdem sie nun Tag für Tag die braune Pforte zur Roosevelt-Klinik aufschloss, begriff sie mehr und mehr, warum sie das alles tat. Es war nichts weiter als ein profaner Versuch der Selbstheilung, um den leeren Rahmen ihres eigenen Selbstbildes mit etwas zu füllen. Doch Annick entzog sich ihrem eigenen Zugriff, und je stärker sie versuchte, ihr Leben unter Kontrolle zu bekommen, umso mehr entglitt es ihr.

Die endlosen Gänge in der Klinik lagen verwaist im morgendlichen Licht. Auch Syd war nicht da. Nur Cybill, die neu eingestellte Schwester, saß am Schalter, um Annick von den Neueinlieferungen zu berichten. Ein paar Satanisten waren bei einer Opferung gefasst worden. Nach ihrem stationären Aufenthalt würden noch einige Gerichtsverfahren anstehen. Eigentlich war die Präsenz von Satanisten, oder Menschen, welche sich aus Modegründen als solche ausgaben, keine Seltenheit in einer großen Stadt wie London. Allerdings hatten in den letzten Jahren keinerlei Ritualmorde stattgefunden.

Cybill kaute ein wenig nervös an ihren rot lackierten Fingernägeln.

»Der eine ist der Sohn von Pater Livchenko.« Jetzt grinste sie. Ein unsicheres, etwas ironisches Grinsen, welches Annick nicht recht zu deuten wusste. Dann blickte sie ihre Kollegin eine ganze Weile einfach nur an. Mit ihren riesig großen Teddybärchen-Augen. Annick liebte ihre Augen. Sie waren so ziemlich das einzig Warme in der kühlen, sterilen Klinikatmosphäre: große, braune Bärchenaugen.

»Soll ich zum Chef? Ist Zeit für die Visite, oder?«, fragte Annick.

Cybill nickte stumm und widmete sich wieder ihren Fingernägeln.

»Pater Livchenkos Sohn geht unter die Satanisten …« Kopfschüttelnd schlug Annick den Weg zur allmorgendlichen Visite ein und war ein wenig gespannt auf die brisanten Neueinlieferungen.

Als sie die Tür der Notaufnahme geöffnet hatte, blickte sie unsicher im Raum umher.

Die Hoffnung, den Professor irgendwo zu sichten, erfüllte sich nicht. Stattdessen gähnten die Flure sie leer und träge an. Mit vorsichtigem Klopfen öffnete sie die Tür zu seinem Büro. Die Bang & Olufsen-Anlage war eingeschaltet, und eine leise, schwebende Musik von Tschaikowsky hallte durch den Raum. Als Annick sich hilfesuchend umwandte, stand Cybill plötzlich hinter ihr. »Der Doc ist in Zimmer 14 und arbeitet an den Aufnahmeformularen für Livchenko. Sein Vater sitzt im Warteraum, vielleicht solltest du …«

Annick unterbrach Cybill ein wenig schroff. Sie hasste ihre besserwisserische Ader: »Ich geh schon. Ist sein Zimmer schon eingerichtet?«

Cybill nickte stumm.

»Okay. Sag mal, hast du heute Abend vielleicht Lust auf 'nen Kaffee im ›Club 4‹?« Um ehrlich zu sein, wusste Annick selbst nicht genau, wie sie dazu kam, sich mit Cybill auf einen Kaffee zu treffen. Vielleicht wollte sie einfach nicht allein sein und nicht wieder einen dieser leeren Trinkabende vor dem Fernseher in ihrem Appartement verbringen.

Cybills Blick hellte sich auf. Ein nahezu kindliches Strahlen zauberte wirklich aparte Züge in ihre sonst so verhärmte Visage. »Sehr gern! Direkt nach Dienstschluss?«

Annick nickte erneut und verließ den Raum. Cybill blieb noch eine Weile zurück, trat hüpfend von einem Fuß auf den anderen und kaute an einer blonden Haarsträhne herum.

24. amoK

Ilijas Livchenko saß stumm in einer Ecke zwischen dem frisch be-
zogenen Metallbett und einem kleinen Kleiderschrank an der Wand.
Er schien keinerlei Dinge bei sich zu haben, bis auf eine Schachtel
Marlboro. Annick setzte sich behutsam auf die Bettkante und musterte
Ilijas eine Weile. Sein Haar war verklebt und seine Haltung verkrampft
und steif. Er wirkte abwesend und es schien, als könne er die Situation,
in welcher er sich befand, weder räumlich noch zeitlich irgendwie einordnen. In Anbetracht der schwindelerregend hohen Dosis Lorazepam,
die durch seinen Blutkreislauf schoss, war seine vorübergehende Orientierungslosigkeit allerdings nicht weiter verwunderlich. Was Annick
viel mehr irritierte, war die Tatsache, dass Ilijas noch in der Lage war,
aufrecht zu sitzen, und dass er nicht vollkommen bedröhnt im Bett

lag oder sich bereits in komatösem Schlaf befand. Er schien nicht besonders empfindlich gegenüber der Wirkung von Benzodiazepinen zu sein, was mit ziemlich hoher Wahrscheinlichkeit auf längeren vorangehenden Tablettenmissbrauch hindeutete. Die Gesprächstherapie würde erst nach einiger Zeit beginnen können, und bis dahin waren die kleinen Tavor-Pillen sicherlich zu Ilijas' engsten Vertrauten geworden. Annick bezweifelte ohnehin, dass bei ihm auf verhaltenstherapeutischem oder tiefenpsychologischem Wege noch etwas zu retten war. Den Mentor dieser ominösen Sekte hatte man – laut Aussage von Cybill – bisher noch nicht zu fassen bekommen, und Annick war klar, dass dieser Fall gehörige Schlagzeilen machen würde.

Annicks Gedanken schweiften ab, und sie musste plötzlich an Daniel denken. Er war nun schon seit drei Wochen in der Klinik, und es tat sich nichts. Syds Gesichtszüge bekamen mit jedem Mal einen hoffnungsloseren Ausdruck, wenn er die Klinik verließ.

Annick erschauerte und schüttelte sich energisch, um sich wieder in die Realität zurückzuholen.

»Hast du Hunger?«, fragte sie.

Ilijas schaute Annick ein wenig unsicher an. Dann nickte er zögernd. Die Art, wie er sie ansah, barg etwas Beängstigendes in sich. Es schien, als ob er tief in sie hineinsehen könnte und mit belustigter Entspanntheit einen Ausflug in die innersten Verästelungen von Annicks Seele unternahm. Einfach so. Annick fühlte sich mit einem Male vollkommen nackt. Ilijas schaute sie einfach nur an, aber ihr war, als könne er in ihr lesen wie in einem offenen Buch. Sie räusperte sich, und als sie spürte, wie ihr ein kalter, widerwärtiger Schweiß auf der Stirn und in den Achseln ausbrach, wandte sie sich ab und ging zu dem kleinen Waschbecken neben der Tür, um sich die Hände zu desinfizieren. Der Doc hatte gesagt, Ilijas' Verhalten lasse sich zum Teil auf eine Persönlichkeitsstörung zurückführen. Darüber hinaus gebe es deutliche Anzeichen für eine Psychose. Eine definitive Diagnose würde aber erst nach eingehender Anamnese sowie einigen weiteren

Untersuchungen gestellt werden können, und sein Zustand sei mit allergrößter Vorsicht zu behandeln. Ilijas war unberechenbar, und da ihn selbst die elefantöse Tavor-Dosis nicht schlafen gelegt hatte, waren die Pfleger zu äußerster Achtsamkeit angehalten worden. »Was tust du, wenn du nur noch Hass in dir hast? Was kannst du dann anderes tun als zu lernen, ihn zu lieben?«

Annick trocknete sich die Hände ab; und als sie das Papiertuch in den Mülleimer warf und sich umdrehen wollte, um auf Ilijas' eiskalte Frage zu reagieren, da realisierte sie, dass sie wie Espenlaub zitterte. Eine Weile lang sah sie Ilijas einfach nur an. Sie zwang sich, standhaft zu bleiben und seinem eisernen Blick nicht auszuweichen. Sie überwand sich hinzusehen … bis sie hineinsehen konnte.

»Du glaubst, du kannst mich einschüchtern du paranoider Psychopath?! Du glaubst, du kannst mich brechen?! Glaubst du allen Ernstes, dass du mir irgendetwas voraushast? Glaubst du, dass du mich einschüchtern kannst, indem du mich so anstarrst, ja? GLAUBST DU DAS WIRKLICH, DU ELENDES STÜCK SCHEISSE?!« Annicks Atem war flach geworden, und sie wiederholte ihre Gedanken mechanisch und besessen wie ein Mantra. Zwischen Ilijas und ihr war ein nonverbaler Krieg ausgebrochen, und diese wenigen Minuten, in welchen sie sich einfach nur stumm in die Augen starrten, waren das Intensivste und zugleich Grauenvollste, was Annick jemals erlebt hatte. – Sie wurde feucht. Heilige Scheiße … sie wurde tatsächlich feucht, und sie spürte einen paralysierenden emotionalen Hunger in sich aufsteigen, von dessen Existenz sie niemals zu träumen gewagt hatte.

»Hass und Liebe liegen manchmal sehr nah beieinander«, hörte sich Annick schließlich sagen, und ihre Stimme klang schauerlich lüstern.

»Ich will deine Angst! Deine Angst macht mich geil!« Ilijas sprang abrupt auf, und während seine Worte von den kalten weißen Wänden reflektiert wurden und ihr Echo sich in jede Zelle von Annicks Körper zu fressen schien, da begann er um sich zu schlagen und traf Annick mit seinem Ellenbogen an der Schläfe. Taumelnd schnellte sie ein paar Schritte zurück. Dann rappelte sie sich wieder auf, und es dauerte einige Sekunden, ehe ihr Verstand wieder einsetzte und sie den Pieper betätigen konnte.

»Du hast ja keine Ahnung, wovon ich spreche, du hirnamputiertes Miststück! Du verrichtest hier fein deine Arbeit, gehst danach mit irgendwelchen Kolleginnen 'nen Latte Macchiato trinken, stehst am nächsten Morgen wieder auf und machst deinen Job: Betten beziehen, Medikamente verteilen und den Irren gut zureden. Dabei verstehst du gar nichts – weder von Intensität noch von Liebe noch von Hass …«

Geschockt blickte Annick ihr Gegenüber an, während sie mit der einen Hand ihre schmerzende Schläfe massierte und mit der anderen noch immer den Pieper umklammerte.

Da leuchtete so etwas wie Feuer in seinen Augen. Es waren zerstörerische Flammen. Aber er lebte. Da war **Leben**, und Annick sog dieses Leben tief in sich ein. Sie inhalierte es förmlich, damit es bis in die hintersten, fossilsten Kammern ihres Bewusstseins vordringen konnte. Leben: Eine Symbiose aus Angst, Verzweiflung, Hass und intensiver Liebe … dort in seinem Blick.

Es war merkwürdig: Es folgten fünf, höchstens sechs vollkommen verzerrte Minuten, in welchen Annick nicht verstand, was in ihr vorging. – Er starrte sie immer noch an, und seine Finger zitterten nun haltlos vor sich hin. Schließlich wandte er sich ab und sah zum Fenster hinaus.

Der Professor und einige Schwestern betraten den Raum. Weiße Kittel wehten, und Annick vernahm Ilijas' Schreie, die aus der Fixierungskammer hallten, als wären sie nur noch ein Relikt aus einer fremden Realität, welche sich in ihrer Erinnerung zu einem leisen, liebevollen und bald hilflosen Schluchzen stilisiert hatten, während Annick an jenem Abend mit Cybill in der Bar des »Club 4« saß und einen Latte Macchiato schlürfte.

25. Das Ende des Regenbogens

Es war kurz vor Ladenschluss, und Samantha war äußerst erleichtert, dass sie die Kassiererin im »Sunpoint« kannte. Ein paar Monate hatte sie auch dort gearbeitet, mit Leila zusammen, um Geld für ihren Umzug zu scheffeln. Jetzt ging sie nur noch zum Bräunen hin. Sie hatte über das Radio ein verdammt gutes Einkommen; und was gab es Schöneres, als sich an einem verregneten Mittwochabend nach zwei Überstunden – die das ungeschnittene O-Ton-Material forderte – unter den Turbo-Bräuner zu legen und einfach abzuschalten? Das durchdringende UV-Licht der Röhren erleuchtete das kleine Zimmerchen mit außerirdischem Schimmer, und während Samanthas Körper langsam heißer wurde, glitt sie weit fort – wie immer, wenn sie sich röstete. Sie begab sich wieder an ihren Lieblingsplatz: eine kleine Kokospalme am weißen Sandstrand, ein rosafarbenes Handtuch, der herrlich künstliche Duft ihrer Sonnencreme von Delial und ein gestählter Männerkörper mit Colgate-Lächeln, der in Calvin-Klein-Höschen durch die gläsern schwappenden Wellen glitt. Sie betrachtete das fiktive kleine Strandhaus an der Küste von Guadeloupe, schick eingerichtet mit Pool und Wohnküche. Perfekt. Ein Katalogort, wie im Paradies. Samantha liebte es, dort zu sein – wenigstens für die 20 Minuten, in welchen ihr der Bräuner dies vorgaukelte. Doch an diesem Mittwoch klappte es nicht recht. Irgendetwas hielt sie im Hier und Jetzt. Sie konnte die künstlichen UV-Lampen nicht in karibische Mittagssonne verwandeln. In ihr passierte etwas, wie schon seit Tagen. Es war, wie ihre älteren Freundinnen damals immer gesagt hatten: »Eines Morgens wirst du aufwachen und feststellen, dass irgendetwas anders ist.« Eine schreckliche, undefinierbare Angst stieg in ihr auf, die von ihr Besitz ergriff; und der Versuch, diese Angst irgendwie zu kontrollieren, mündete in einer uferlosen Grübelei, welche sie wahnsinnig machte. Wo war ihre Freude hin? Ihr Lächeln? Ihre Künstlichkeit?

Während sie schweißnass und deprimiert unter dem Bräuner hervorglitt und sich ihren Slip überstreifte, dachte sie an Ilijas. Seine Einlieferung hatte sie nicht schockiert, nein, sie war nicht einmal traurig gewesen. In den letzten Wochen schien sie rein gar nichts mehr zu erreichen. Sie hatte wieder angefangen zu kotzen. Eigentlich hatte sie gehofft, diese Hölle nach zehn Jahren nun endlich hinter sich gelassen zu haben, aber es schien, als würde die Menschen ihre ganz persönliche Hölle ein Leben lang begleiten. Süchte gingen nicht weg, sie schliefen nur. Egal was ihr sämtliche Therapeuten damals versprochen hatten …

Immer wenn Samantha in diesem ganz speziellen, undefinierbaren, bodenlosen Gefühlszustand versank, dann ging es wieder los. Und nun geschah es wieder; es verbannte ihre Wahrnehmung, und nur noch der reine, ungeschönte Moment blieb zurück. Sie war gefangen im Augenblick:

Hunger, nur noch Hunger. Der Weg von der Arbeit in die Wohnung ist verschwommen, wenn es ganz schlimm kommt, beginnt sie sogar zu rennen. Sie stolpert, fällt auf die Knie und rennt sofort weiter. Vor ihren Augen erscheint stets das verzerrte Bild des Kühlschranks in der Küche:

Zitternde Finger öffnen die Wohnungstür. Keine fünf Minuten ohne Körnerbrötchen mit Käse, Majo und etlichen Gewürzgurken. Kniend auf den braunen Küchenfliesen, wandert der Blick hinüber zur Kühltruhe: Pizza, Eis, Frühlingsrolle. Mikrowelle an. Ofen auf 250 Grad. Umluft – geht am schnellsten. Der Boden beginnt zu beben, das Herz rast, der Bauch dehnt sich. Aber es reicht nicht. Nicht genug! Mehr!! Das Gewürzgurkenglas rutscht aus ihrem von Verkrampftheit entstellten Griff und zerschellt anklagend auf dem Küchenboden. Besessen sammelt Sam die Reste von den Fliesen auf. Leckt den Boden sauber.

»Du bist ein Tier! Friss oder stirb … Wie ein Hund hockst du da und leckst den Boden. Richtig so! Jetzt bist du da, wo du hingehörst – du perfektionistische Schlampe. Nix mit sauberem Modepüppchen. Nix mit erfolgreicher Workaholikerin. Du bist der Dreck, in dem du kniest – der schlingende, sabbernde, tanzende Abschaum der Welt.«

Die kleine Hexe in ihrem Kopf hat wieder begonnen zu schreien. Ihre ganz persönliche Peitsche, welche sie für ihre Nichtsnutzigkeit straft. Für eine Sekunde hält Sam inne. Beginnt zu sinnieren, ob sie masochistisch veranlagt ist. Und wieder kommen all diese Bilder: Wie aus dem Nichts fressen sie sich in ihren Verstand, zersetzen ihr Hirn, schlagen sie tot. Es sind nur Fetzen, Schemen eines visuellen Over-kills, welcher in unglaublicher Geschwindigkeit durch ihren gesamten Körper zu rasen scheint – immer unterlegt von derselben hämmernden Musik, einem geistigen Soundtrack ihrer Ekstase.

Die Bilder beginnen zu flüstern: Das arme, naive Mädchen, das in »8 mm« für einen Snuff-Film ermordet wurde, so schön sah sie aus, kurz bevor sie starb. So rein inmitten all des Schmutzes.

Sams Gedanken wandern weiter und sie betrachtet die vollgebluteten Binden. Das war die Zeit, als sie keine Tampons benutzen konnte. Der Geruch verschiedenster Fäkalien steigt auf. Sie riecht ihren widerlichen Atem. Sie sieht den hemmungslosen Analsex ihrer Eltern in der Nacht ihres fünften Geburtstags, dann Kate Moss, wie sie grazil und makellos über den Catwalk marschiert. Dann taucht der süßliche Mundgeruch ihrer ehemaligen besten Freundin in ihrer Erinnerung auf. Der Geschmack ihres betrunkenen Exfreundes folgt ihm auf dem Fuße. Biologiebuchzeichnungen menschlicher Organe und die Sezierung einer Weihnachtspute tauchen vor ihrem geistigen Auge auf. Sam denkt an ihre eigenen Schamhaare – so krauselig und braun. Sie liegt im Bauch ihrer Mutter – friedlich ruhend, geschützt und sauber, als nackter, unbescholtener Embryo, nuckelnd an der schwimmenden Nabelschnur wie ein Alien. Die vielen Teller Nudeln mit Ketchup, die sie als Kind so gern gegessen hatte, kommen ihr in den Sinn, und ebenso ihre Freundin, welche sie fragte, ob sie immer so verfressen sei. STOP. Die Hexe meldet sich wieder und beendet Sams Untätigkeit mit einem Schlage. Die imaginäre Stimme klingt angenehm beruhigend: *»Natürlich bist du das! Du bist ein verfressenes, maßloses Schwein!«*

Die Bilder laufen weiter: Da ist dieser Typ, der für seine Maßlosigkeit bestraft wurde. Zu Tode gestopft wurde er unter anderem mit Spaghetti, bis ihm der Magen platzte. Sam war schlecht geworden, als sie »Seven« zum ersten Mal gesehen hatte. Aber der Film faszinierte sie noch immer. STOP! STOP! Es ist noch nicht einmal Teil eins des Fressanfalls abgehakt. Weiter auf der Liste: Sam bringt imaginäre rote Haken in ihrem Kopf an. Der Joghurt fehlt noch. Vanillegeschmack mit Schokobällchen und Milchreis von Müller … nur der von Müller, mit der neuen Treue-Verpackung. Ein gehetzter Blick wandert über Nährwerttabellen. Es werden Kalorien gezählt. Ein kurzes Innehalten. Dann sind die Milchschnitten dran – der 5er-Pack. Samanthas komplettes Wesen ist ausgeschaltet. Die Körperfunktionen sind reduziert auf ein mechanisches Grabschen nach Nahrung. Das Wasser läuft ihr vor lauter Gier aus den Mundwinkeln, die nur noch fähig sind zu schlingen. Sam steht auf und rennt zur piependen Mikrowelle. Ihr komplettes Innerstes erliegt einer Stimme, welche immerzu schreit: *»MEHR!«* Vier Tage hat sie für diesen Fressanfall gehungert. Vier ganze Tage, um endlich explodieren zu dürfen. Essen hat für Sam die Funktion der körperlichen Liebe eingenommen. Sich vollzustopfen ist wie Sex. Der unwiderstehliche Geschmack des bissfesten Gemüses aus der Frühlingsrolle, gepaart mit der würzigen Note von Heinz Ketchup. Das ist ihr ganz persönlicher Orgasmus. Und dann … wenn der Rausch aufhört … dann tritt die Panik ein. Eine zum Schlachtfeld verwandelte Küche scheint zur Bühne der Verzweiflung zu werden. Samantha kniet auf ihr, heulend und keuchend inmitten sämtlicher Essensreste und Verpackungen. Selbstekel. Hass. Scham. Was ihr nun bevorsteht, ist immer der unangenehmste Akt und die Kehrseite der Medaille. Der typische Ausklang eines stressigen Arbeitstages. Schon in der Küche beginnt sie zu würgen. Die Haare kleben in ihrem schweißnassen Gesicht, und es fühlt sich an, als träten die Augen weit hervor. *»Was ist, wenn ich es nicht rausbekomme? Oh mein Gott, was, wenn die Brötchen nicht gut rutschen?! Was, wenn …«* Der Blick auf ihren aufgedunsenen Bauch steigert die Verzweiflung ins Unermessliche. Und wie jedes Mal, wenn all dies geschieht, hasst sie sich bis aufs Blut für das, was sie getan hat. Aber irgendwie liebt sie sich auch, weil sie mit ihrem kleinen Geheimnis wenigstens nicht gewöhnlich ist. Es ist ein mühsames Aufrappeln, und ihr Rücken schmerzt erbärmlich. Sie greift zur Wasserflasche – und nun ist es wieder an der Zeit abzuschalten. Nur sie und der geöffnete Toilettendeckel.

»Ich will sehen, wie du von innen aussiehst!« Mit einer merkwürdigen Belustigung betrachtet Samantha den Toiletteninhalt und versucht zu erkennen, was sie schon alles herausgebrochen hat. Die Kehle brennt, das Schlucken tut weh. Aber es ist noch nicht genug. Das Völlegefühl bringt sie um. Weiter, immer weiter presst sie ihre Hand noch tiefer in den Magen, und wenn die Finger nicht tief genug in ihre blutende Kehle reichen, dann muss der Stiel ihrer Zahnbürste herhalten. Das Würgen wird lauter, steigert sich zu einem verzweifelten Schreien, und als Sam erkennt, dass sie keine Kraft mehr hat, sinkt sie wie in Trance in sich zusammen. Wieder tritt es ein: dieses herrliche »Alles-egal-Gefühl«. Gepeitscht bis an ihre Grenze. Nicht mehr denken, nicht mehr fühlen … nur noch schlafen. Einfach abschalten, den Stecker rausziehen und am nächsten Tag weiterfunktionieren, so lange, bis sie sich das nächste Mal erlauben wird auszurasten, um sich gleichzeitig zu hassen und zu lieben.

26. komA

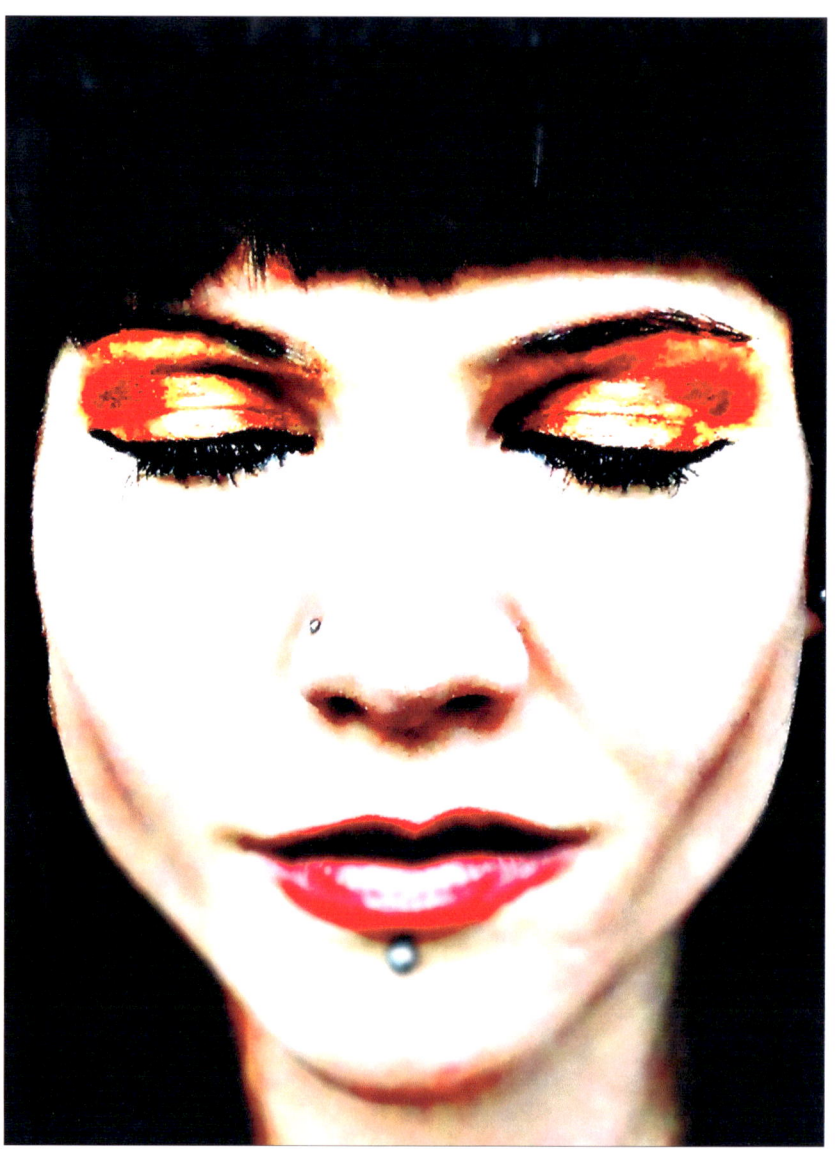

Das Surren des Telefons riss Samantha ein paar Stunden später aus dem Halbschlaf. Eine matte Mondsichel lugte verstohlen zum Fenster hinein und Sam wünschte sich, nie mehr aufstehen zu müssen. Sie hatte sich ihre Matratze vor die Heizung im Wohnzimmer gelegt, doch es war vergeblich: Die Kälte in ihrem Herzen vermochte ohnehin niemand zu vertreiben, und das Erbrechen hatte ihren Körper so stark geschwächt, dass sie ständig fror – da halfen auch aufgedrehte Heizkörper und heiße Wärmflaschen nicht viel. Ihr Magen rebellierte, und bitteres Gallenaroma haftete stur in ihrem trockenen Mund. Sam griff zur Wasserflasche und stand auf. Der Rücken schmerzte noch immer, und sie war nicht fähig, aufrecht zu gehen. Wahrscheinlich waren es die Nieren. Am Telefon meldete sich Ilijas' Vater. Er sprach mit gebrochener, leiser Stimme, und Samantha lauschte etwa zehn Minuten, bevor sie zögerlich und mit rauer Stimme etwas sagte.

»Nein, Mr. Livchenko. Sie trifft keine Schuld! Jeder Mensch hat sein eigenes Schicksal, jeder Mensch geht irgendwann einmal durch seine ganz persönliche Hölle. Es gibt einfach Dinge zwischen Himmel und Erde, die wir nicht kontrollieren können. Und es gibt Fragen, deren Antworten wir wohl niemals finden oder verstehen werden. Er ist Ihr Sohn, aber er ist ein eigenes Individuum und trägt die Verantwortung für sein Handeln ganz allein. Es ist nicht Ihre Schuld!«

Ihre Beschwichtigung klang dünn, und Sam war sich dessen bewusst, aber sie konnte nichts wirklich Aufbauendes sagen, weil Mr. Livchenko zum Teil nicht unrecht hatte mit seinen Selbstvorwürfen.

»Er wird vorläufig nicht aus der Geschlossenen entlassen werden, und wenn sich seinerseits keine Einsichten zeigen, dann … Samantha, mein Sohn ist verrückt geworden … Ich – ich konnte ihn nicht einmal in den Arm nehmen, konnte ihm nicht in die Augen sehen, ohne dass er schrie. Was habe ich getan, Sam? Was ist das für eine Welt, in der wir leben? Um den Knast wird er wohl herumkommen, da sein Anwalt auf Unzurechnungsfähigkeit plädieren wird und damit wohl auch durchkommen dürfte, aber was spielt das jetzt noch für eine Rolle?! Sam, er … er weiß nicht mehr, was er tut, er weiß nicht, was er sagt, er …«

Samantha hielt den Hörer ein Stück vom Ohr entfernt. Ihr Blick wanderte durch das Wohnzimmer: Im Fernseher liefen die Zwölf-Uhr-Nachrichten. »Soll ich vorbeikommen, Mr. Livchenko?«, fragte sie.

Das Schweigen am anderen Ende der Leitung war Antwort genug. Sam legte den Hörer zur Seite und lief gebückt ins Badezimmer. Ein unlöschbarer Durst betäubte ihre Sinne. Sie griff nach ihrer Haarbürste und hetzte ein paar Mal durch ihre fisseligen blonden Strähnen. Als sie sich anzog, schloss sie die Augen. Sie hatte Angst davor, sich anzuschauen, weil sie wusste, dass sie den Anblick momentan nicht würde ertragen können. Sie hasste es, wenn ihre 26-Inch-Hose nach einem Fressanfall enger war. Auch wenn sie wusste, dass sie den Großteil ihrer Orgie erfolgreich ins Klo befördert hatte, war ihr Bauch trotzdem noch aufgequollen: Wassereinlagerungen. Die kleine Hexe in ihrem Kopf meldete sich wieder, wurde lauter und begann schließlich zu schreien: »*Du widerliches, fettes Stück … Du kannst nicht mal tief einatmen, so voll ist dein Bauch.*«

»STOP!«, entgegnete Samantha laut und energisch, um das feindliche Gedankenkonstrukt zum Schweigen zu bringen. Sie öffnete widerstrebend die Augen und schminkte sich. Der Lidstrich verwischte etwas. Nervös suchte Sam wenig später ihren Autoschlüssel, warf einen kurzen Blick auf ihr Lieblingsposter, welches Kate Moss zusammen mit Mark Wahlberg für Calvin-Klein-Unterwäsche werben ließ, und schloss krachend die Tür hinter sich, um in die Klinik zu fahren.

Mr. Livchenko kauerte starr auf einem der grünen Stühle, welche die Wände der kahlen Gänge zierten. Neben ihm saß eine hübsche, junge Pflegerin, die ihm beruhigend zuzureden schien. Sie hatte haselnussbraune Augen und unter ihrem Kittel lugte eine schicke Wildlederhose hervor. Samantha setzte sich neben die beiden und trippelte nervös mit den Füßen auf dem Steinboden herum.

»Ich bin Annick Oniré – Ilijas' Bezugspflegerin.« Sie hatte eine angenehme Stimme, sehr weich und weiblich. »Hat er eine Chance? Ich meine …« Sam unterbrach sich und atmete tief in ihren Bauch hinein. So eine Frage war nicht nur deplatziert sondern auch unsinnig, und sie konnte von einer Krankenschwester wohl kaum irgendeine vernünftige Antwort erwarten. Annick zuckte die Achseln und widmete sich weiterhin Mr. Livchenko, der zu weinen begonnen hatte. Es war ein in sich gekehrtes Weinen. Kapitulierend, aber würdevoll.

»Gott hat uns verlassen …«, sagte er schließlich und stand auf, um sich einen Kaffee zu holen. Annick und Samantha blieben zurück und versanken für einen Augenblick in der Sympathie für die Person, die sie verband. »Können Sie Ilijas verstehen, Miss Oniree?« Sam war für eine Sekunde lang ein wenig frustriert darüber, dass sie nicht in der Lage war, adäquate Fragen zu stellen, und scheinbar nur Müll herausbrachte.

»Ich weiß es nicht. Es steht mir auch nicht zu, diese Frage zu beantworten. Aber ich glaube, dass man einander vollkommen lieben kann, ohne einander vollkommen zu verstehen«, sagte Annick, während sie sich Mr. Livchenko zuwandte, der mit einem Pappbecher in der rechten Hand nun wieder auf seinem Stuhl Platz nahm. »Meistens sind es die, die wir am meisten lieben, die uns entgleiten, weil wir sie nicht verstehen. Wir wissen nicht, wie wir helfen können, oder – was noch viel häufiger passiert – dass unsere Hilfe nicht angenommen wird. Wir können aber dennoch etwas tun, denn – wie gesagt – wir können vollkommen lieben, ohne vollkommen zu verstehen! Und … ich finde, das ist schon eine ganze Menge!«

Sam nickte und musste lächeln.

27. Ground Zero

Der Kaffee schmeckte widerlich – er war kalt, und da Syd keinen Zucker mehr in der Küche fand, musste er sich mit Süßstofftabletten begnügen. Die aufgehende Sonne streichelte seine fettige Haut und ließ die Pailletten auf seiner bestickten Schlaghose schimmern. Es war ein Bilderbuch-Sonntagmorgen – wie im Kino.

Die News im Fernsehen berichteten von irgendeinem schwulen, kranken Sexualstraftäter, der einer Internetbekanntschaft bei vollem Bewusstsein sein Ding abgeschnitten hatte, um es anschließend zu verspeisen. Aus dem nostalgischen Küchenradio tönte Musik von Leonard Cohen, während Conny apathisch vor dem kleinen, verdreckten Fernseher im Esszimmer saß und der miesen Wettervorhersage für die nächsten Tage lauschte. Daniel sprach kein Wort mehr, und Syd hatte schon vor einigen Tagen aufgehört, ihn zu besuchen. Es war bestürzend, feststellen zu müssen, dass das Leben wie ein riesengroßer Beschiss wirkte. Syd wurde sich klar, dass er selbst nicht besser war als alle anderen auch. Vergänglichkeit war für ihn immer etwas absolut Inakzeptables gewesen, und nun spürte er ganz deutlich, wie das Beständigste in seinem Leben langsam wich: die Bindung zu seinem besten Freund.

Unvermittelt stand er auf und kippte sich das kochende Nudelwasser über seine Hände: »Fight Club«. Immer wenn er nicht weiterwusste, dann flüchtete er sich in einen Film. Immer wenn er sich dem Leben stellen musste, wie es war, dann begann er theatralisch zu werden.

»Sieh hin! Das ist dein Schmerz! Das ist dein Leben! Es wird nicht besser, als es ist. Du bist keine einzigartige Schneeflocke, du bist nur ein Teil des stinkenden Komposthaufens dieser Welt … Du musst aufgeben und begreifen, was du bist: Du bist nutzlos …«

Syd saß steif und verkrampft am Küchentisch und schlug mit der linken Hand verzweifelt auf die Holzplatte, um den Schmerz zu vergessen, welcher seine rechte Hand zerfraß. Tyler Durden schien erneut mit ihm zu sprechen; Syd war wieder Teil eines großartigen Kinofilms.

»Nein! Verschließ dich nicht. Das ist dein Schmerz! Das ist der Null-
punkt! Du kommst ihm immer näher ... Das ist deine Hand, und sie
brennt. Spürst du das?! Jawohl! Das ist deine Blasen werfende, angesengte,
aufgequollene Haut ...«
Irgendwann hörte es auf – und Syd brach erleichtert zusammen. Er
versuchte sich wie Edward Norton zu fühlen. Er versuchte all die
großartigen Illusionen des Kinos irgendwie präsent werden zu lassen.
Die Realität hatte sich seiner Kontrolle entzogen, und wenn er sich
vorstellte, jemand anderer zu sein, und Filmszenen nachspielte, dann
gab ihm das ein Gefühl von Kontrolle zurück. Außerdem betäubte
der physische Schmerz den seelischen – wenigstens für einen Moment.

Als Conny den Fernseher ausschaltete und die Stille nur noch von
der gleichgültigen Stimme des Moderators aus dem Küchenradio gefüllt wurde, da begann Syd zu brüllen. Er lag da und brüllte wie ein
Stier, bis er keine Luft mehr bekam ...

Angekommen auf den fahlen Schienen des Verlassens und der Wie-
derkehr, begegnete er sich selbst. Und er ließ los – und er akzeptierte.
Er akzeptierte, was geschehen war, fühlte sich bereit für das, was geschehen würde, und fand endlich seinen Platz in diesem Leben.

Shirin Vorsmann
2000–2003

Epilog

Es ist wie weggeatmete Secondhand-Luft: substanzlos und leer.
Es ist wie ein Kreis mit Ecken, wie ein kontrollierter Kontrollverlust; es ist die alles rettende Illusion, die zurückbleibt, wenn die Realität längst aufgegeben wurde.

Jeden Tag aufs Neue frisst es sich in meinen Verstand, um die mineralischen Dielen meines gestörten Bewusstseins zu belagern. Ich besitze alle Waffen, die ich brauche; das Recht zu kämpfen habe ich nicht. Und so werden es immer mehr: Abermillionen kranke Mechanismen, welche irgendwie versuchen, diese Sehnsucht zu betäuben … und die Schuld … und die Angst … und das Versagen. Ich fühle mich wie die ungleiche Gleichung, wie die Sechs in Mathe, wie der Virus im System. Und ich versuche verzweifelt, irgendwie zu überleben!

Lieblos in den brüchigen Putz der Zeit gemeißelt, wünsche ich mir, dass ich es irgendwann BEGREIFEN werde: Ich möchte begreifen, dass ICH nicht dieses Monster im Spiegel bin. Ich möchte begreifen, dass ICH nicht diejenige bin, die ich verstümmele – wenn meine Arme bluten. Ich möchte begreifen, dass es nicht MEIN Leben ist, welches ich erbreche – in all den Stunden über der Toilette.

Ich trage keine Verantwortung dafür, dass die Dinge sind, wie sie sind.

ICH BIN UNSCHULDIG!

Wir können vollkommen lieben, ohne vollkommen zu verstehen.

„Wir können vollkommen lieben, ohne vollkommen zu verstehen."

CREDITS
Ein fundamentales Dankeschön geht an:
MUM, DAD, HARALD, PROF. THOMAS DÜLLO, ANDREW
(It's not a matter of luck – It's just a matter of time!) und CLAUDIA
("Ohana" means family!)

Sowie an:
Steffi Helmsorich, Daniela Jungk, Hötti, Volker Pietsch, Volker
Zacharias, Jemp, Prof. Schulze-Mönking und Christine Bertels.
Ich danke all' denen, die mit mir gelacht oder geweint haben, mich
traumatisiert oder therapiert haben, mit mir hingefallen und wieder
aufgestanden sind.
Ich danke all' denen, die mich inspiriert oder irritiert haben, mich
geliebt oder gehasst haben und mich zerbrochen oder zusammen
geflickt haben.
Ich danke all' den wundervollen Menschen, welche ein Stück des
Weges mit mir gemeinsam gegangen sind, mich ge- und ertragen
haben und vor allem denjenigen, die niemals aufgehört haben zu
glauben: an mich, an sich selbst und an das Leben:
Ohne Euch hätte dieses Buch nicht entstehen können. Ohne Euch
wäre ich nicht die, die ich jetzt bin.
-
Es ist alles gut, auf seine ganz eigene Art und Weise, denke ich…

Fotos im Buch: Shirin Vorsmann & Harald Blättermann

Über die Autorin

Shirin Vorsmann wurde im August 1985 im westfälischen Münster geboren und schrieb ihre ersten Kurzgeschichten im zarten Alter von zehn Jahren.

Heute lebt sie in Münster und Berlin und arbeitet u. a. als freischaffende Journalistin im Musikfilm- und Lifestyle-Bereich.

Eine ausführliche Vita, weitere Informationen über vergangene und geplante Veröffentlichungen sowie einige Leseproben finden Sie unter:

www.shirin-vorsmann.de

und

www.facebook.com/impulskontrollverlust

Quellenangaben:

Musikzitate:

S.17: The Cure – Never Enough (written by: Smith, Gallup)
© Universal Music Publishing Group, Sony/ATV Music Publishing LLC, Warner/ Chappell Music, Inc., Chrysalis One Music, EMI Music Publishing

S.25/26: The 69 Eyes – Velvet Touch (written by: The 69 Eyes)
© Roadrunner Records/Warner/Optimal Media Production/STEMRA

S.50: Joy Division – Isolation (written by: Curtis, Hook, Sumner, Morris)
© Centre Date Co Ltd./ London Records 90 Ltd./ Fractured Music/ Warner Music Manufacturing Europe

S.67: The Cure – The Last Day Of Summer (written by: Cooper, Bamonte, Smith, O'Donnell, Gallup)
© Fiction Songs Ltd./ Fiction Records Ltd./ Polydor Ltd.(UK)/ Universal M&L, France

S.96/27: Joy Division – Passover (written by: Curtis, Hook, Sumner, Morris)
© Centre Date Co Ltd./ London Records 90 Ltd./ Fractured Music/ Warner Music Manufacturing Europe

Filmzitate:

S.30/74:

The Crow : Die Rache der Krähe (directed by: Tim Pope /written by: James O'Barr, David S.Goyer)
© Bad Bird Productions/ Dimension Films/ Jeff Most Productions/ Miramax Films

S.123/124:
Fight Club (directed by: David Fincher/ written by: Chuck Palahniuk, Jim Uhls)
© Fox 2000 Pictures/ Regency Enterprises/ Linson Films/ Atman Entertainment/
Knickerbocker Films/ Taurus Film/ Twentieth Century Fox Film Corporation

Die handelnden Figuren und ihre Schicksale sind frei erfunden.
Namensähnlichkeiten sind zufällig und nicht beabsichtigt!